煙火中年

余宜芳

目次

輯四◎那些書與人——工作場景 189

推薦序

風味、品味、況味皆成醍醐味

謝佩霓

這話題沒曾隨興聊過，也沒認真問過，所以委實不知道，宜芳姐相不相信宿命，又是如何看待轉生。

信或不信，人的一生，無論如何都得透過做功課實踐，以印證與生俱來的使命究竟為何。萬般不由人，半點無法假手他人，唯有經由親身體會見證，才能得到深刻體認覺悟。

轉生前的先驗記憶依稀，如何轉換成彷彿若有光的蛛絲馬跡，引領今生的肉身一路行所當行、止所當止？始於神交、神遊的閱歷經歷，也許唯有故地重遊，才能正式標記出生命的雪泥鴻爪。於是不免想，是否冥冥中受到驅使，敦促她耗費心力回訪所來徑，盤點記憶累文成牘，才好如實記錄下走過的生命軌跡。

宜芳既非孑然一身的孤家寡人，也不是自掃門前雪，碌碌無為之人，這讓追憶似水流年益發複雜。身兼數職大半生之後，回憶起無端來到一弦一柱思華年的年紀，當然牽連出場的人物眾多，迤邐出的故事也多姿多彩。何其有幸作為初稿讀者。

人生到了初老這階段，無論炮製什麼，都少了煙火氣，多了鑊氣，不好入口的酸甜苦辣澀，再無意刻意掩飾抵消，只問是否吊出了吮指回味的醍醐味。這自然也包括了寫作。

不誇飾不雕琢，生怕帶了職人的匠氣，她持質樸筆法，隨自己的心氣寫景、寫物、寫菜、寫瑣事。細細品味之後，發覺鋪排出的千山萬水和千萬言語，說到底其實都全是在寫人，而且只為至親、至愛與至交書寫。無論記述故人或者描摹生者，心心念念卿卿之情溢於言表，成了躍然紙上的濃濃人情味。

面對年華老去亦步亦趨，拉開距離回望，事物、人物反而更趨立體又具體。不必濃墨重彩，只消添上或深或淺的寥寥幾筆，即使抹上的是重重陰影，現實人生的方方面面，反倒因此更加立體具象化。瑕疵傷痕再也毋須掩飾，不起眼的細部何妨放大檢視，因此也讓人生更真實。

點點滴滴的回憶百轉千迴，圍繞著鄉親、土親，苦盡甘來中憶苦思甜也好，笑中帶淚裡笑傲江湖也罷，總歸是從咂咕百味後品嚐回甘，最後齒頰留香。

一個編輯的人生，如何被自己好好編輯？作為個人人生之書的主筆，看待自傳體的散文，又如何拿捏分寸妥善處理？不知道書寫過程宜芳是否會有猶豫徬徨時？交稿付梓之前，是否心生膽怯萌生退意？

容我對曾為萬千讀者主編村上春樹著作的宜芳說，案頭其實再不需要擺上村上春樹，也不必追隨他的足跡尋幽覽勝，因為「村上魂」早已內化，成為她筆力平易近人的一部分。

何況每個人的人生都無可替代，有自己的活法，自然便有各自的精采，需要各自的書寫方式。人生沒法複寫，但況味值得回味再三。

芥川龍之介（一八九二～一九二七）說人生好比一盒火柴；小心對待很蠢，不認真對待很危險。宜芳過去為他人燃燒，添柴點燈送暖，如今可以隨心所欲點火放煙花，為自己找樂子了吧。祝願宜芳未來再不需要活得小心翼翼，從此可以從容不迫無罣礙，開啟隨時說走就走的下半場人生。

小津安二郎的名言這麼說：「電影與人生一樣，都是以餘味定輸贏。」若然，這書餘韻十足，贏了。只是人生無從論輸贏，一時興衰，都是過眼雲煙。

宜芳出了《煙火中年》這書，確定已經贏了，只因兌現了她給自己在耳順之年發禮物的承諾。完成了這書，心願已了，宜芳便跨過了一個大大的坎，可喜可賀。

推薦序

中年以上，夠本地嚐

王美珍

拿到此書時，我一直在想，為何書名取為《煙火中年》呢？

一般煙火，燦爛但短暫，用來形容人生，會有點虛幻與冷眼的味道。但，這不是這本書的感覺——相反的，讀完反而很能感受到作者對生活的熱望。

村上春樹形容理想的寫作境界，不是「我正在寫文章」，而是演奏音樂的感覺，確保節奏、發現美好的和音與即興演奏。

而讀宜芳的文章，也有種聽音樂的感覺。無論讀到哪，常有好多悅耳的菜名像小音符一樣不時跑出來，有酸甜五柳枝魚、緬甸酸菜魚湯、高粱酒醃越瓜料理、蔥㸆鯽魚……我忍不住畫起正字記號統計，光是菜名應有超過五十道以上。

寫的是菜，但其實也是人。例如，她形容母親的愛面子，體現在做菜風格：「媽媽不欣賞也不擅長細膩刀功工，認為切得太『幼秀』等於小家子氣，捨不得別人大口大口吃。」為了表示對外省兼客籍女婿的友善，特地學客家小炒，結果變成豪氣的台式變形版：「五花肉煮好後切粗條，和蝦米香菇條以寬油爆香後，放入魷魚條（常見的兩倍粗）、肉捲條和大量蔥段拌炒，最後放入醬油膏和胡椒粉，香噴噴起鍋。」（是不是很像熱鬧的交響樂？）

我很喜歡的一篇〈那牽豬哥的阿公啊〉，她寫印象中的阿公除了重男輕女，也有著那一輩對國民黨和外省人的敵視的ＤＮＡ。只因同姓余，明明不認識，「縣長余陳月瑛在阿公口中是親親熱熱的『阿瑛啊』」。一筆生動，不禁莞爾。

讀了才知，原來宜芳的外公在日本時代是日語通譯，但台灣光復後因職業沒了抑鬱病死。頭腦很好的媽媽，也只能輟學到紡織廠上班，外婆也為了扛起家計得出門賣醬菜，而大姑媽是一九六〇年代台灣少見的女性西裝師傅，堪稱一輩子沒用過男人一毛錢……

面對大時代的無奈，我發現這家族在此書有出場的人，竟有種好強的共通性（書中幾乎沒有出現弱弱的人）。什麼東西是命運拿不走的？也許就是對拿手菜的各種堅持吧。顧好自己的吃食，就是生命能自我掌握的力量。正如宜芳母親說：「吃乎死卡贏死沒吃。」難道，這是歷史更迭中熱愛美食的台灣人，文化潛意識裡的自尊的根？

這絕不是Uber Eats的幾個鈕所能體會，而是「中年以上，老人未滿」者由歲月累積的味蕾豐奢。透過文字，我們夠本地嚐了。

*

讀後段的「中年體悟」時，可以讀到雙魚座作者的另一條魚，游向有稜角的一面。宜芳反對當前社會對於五十幾歲的主流想像太過單一標準，彷彿要健身、要有活力、會打扮才合標。但應該讓「不想運動不想健身不想染髮不想微整形不想減重的朋友」，也能自在度過中年以上的生活。

不勉強，大約是她這幾年的哲學。當不用符合主流標準，倒能省下不少心力隨心所欲地過日子。遊歷豐富的她，帶著煙火般、閃閃發亮的sparking eyes，寫下遊鐮倉、烏鎮、緬甸、雪梨，甚至有號稱「世界之盡頭」塔斯馬尼亞的心情……最後一輯則是寫她愛的作者與出版工作。走至中年，當丟掉自己不要的，更能強化自己喜歡的，生活更有滋味了。

有回去她家作客吃飯，她端出許多美麗的杯碟，說：「我最近迷上瓷器！」接著又拿出一堆瓷器的書，說起瓷器的故事……宜芳一旦愛上什麼，常帶著粉絲性質的研究精神，很有感染力。看這種人寫散文，滿過癮。

我想起張潮的《幽夢影》：「花不可以無蝶，山不可以無泉，石不可以無苔，水不可以無藻，喬木不可以無藤蘿，人不可以無癖。」

無癖之人，大抵無趣。請大家好好利用本書作者。當中年以上，老年未滿，在此「跨年」的人間煙火中，宜芳絕對是帶你賞花、採出好蜜的那隻蝶！

本書收錄這十年寫的散文。中年以上，忍不住憶往，尋常點滴加入時光濾鏡，即令苦澀也回甘。老年未滿，更懂得日日皆好日，入眼皆風景，當下就是最好的時光。謝謝一直關愛支持我的家人與朋友，以及認真生活的自己。

輯一◉人間千百味

家族食紀

壞脾氣大姑媽與酸甜五柳枝魚

大姑媽是一九六〇年代台灣少見的女性西服師傅，文能裁布剪料做西裝，武能辦桌當大廚，最自豪的是一輩子沒用過男人一毛錢，堪稱女性獨立的先行者。

說起來，也是二十幾年前的往事了。母親打電話要我準備一下行程，她要帶著大姑媽重訪闊別多年的台北。大姑媽是父親五兄弟姊妹的老大，在家族中頗具威嚴，她的眉頭永遠皺成川字，話不多，笑很少，批評和罵人的言語總是很直接。戰戰兢兢的行程安排尚算順利，偏偏在最後送別宴出了差錯。預約一家知名餐廳晚上七點時段，準時到達，前一桌客人卻遲遲未買單。眼看大姑媽臉色愈來愈臭，我的焦慮指數直線飆升，到了七點十五分，大姑媽袖子一甩：「不吃了！就是山珍海味也沒身命吃。」話說完，甩頭大步離開餐廳。

忘記那晚怎麼收拾善後，母親後來安慰我，大姑媽那晚的爆發是有原因的，她觀察我那幾日的行事做派，早已累積不滿，「這查某囝仔足討債，沒一頓家己煮，攏外口吃。」言下之意是我「大手大腳不會持家」，大姑媽趁此機會要教訓我一頓。

冤枉啊，長輩難得北上，自然盡量安排好玩好吃的，卻被誤會為「討債」（浪費）。然而，委屈也只是一下下而已，我能理解大姑媽的心情。畢竟，她這一輩子就是「省」出來的，用錢風格是家族出名的「一分錢打二十四個結」。做為六〇年代台灣少見的女性西服師傅，她一針一線一分一毫下手精準，靠著一己之力買下房子，養大兒子，行有餘力照顧家族幼小，常常掛在嘴邊說她這世人全靠自己一雙手。

大姑媽節儉又愛面子，外出時必著體面洋裝，頭髮吹齊整波浪。小時，她常送我拼布小背心，漂亮又保暖，是裁剪西服剩下的零碎布頭拼成。三十幾年前我結婚時，一出手就送五萬元大紅包，以及一套價值十萬元的珍珠項鍊、手鍊及耳環套組。一面慷慨代表娘家送嫁妝，一面交代我嫁為人婦後要懂得持家，「勤儉恰有底」。

不論是「壞脾氣」的大姑媽或那天左右難做人的母親，都已離世許久。有次想訂那家獲米其林加持的台菜餐廳而不可得，忽想到當年拂袖而去的大姑媽，彼時真心想帶她品嚐台北的古早味台菜，特別是「魷魚螺肉蒜鍋」和「五柳枝魚」。這兩道菜恰是大姑媽的拿手料理，我可以邊吃邊拍她馬屁說：「大姑姑妳看，我們台北最好吃的台菜也比不上妳的手路菜。」想拍馬屁的機巧用心是真的，大姑媽擁有非凡手藝更不假。

她聰明又靈巧，否則怎能成為「出師」的女性西服師傅，要知道，這行業向來由男性主宰。她一個出自紡織廠、左手中指和無名指被機器軋傷只餘半截的女學徒，得吃多少苦方能在此行業立足？這份巧手同樣展現於不凡廚藝，從小到大在南部吃過不知多少頓辦桌酒席，沒一個總舖師的五柳枝魚能夠和她相比。

那餐廳號稱遵古台菜，當然有一定水準，但其五柳枝魚以我這南部長大的歪嘴雞來看，不夠正宗也不道地，畢竟五柳枝魚是出自台南的料理。所謂「五柳」，大姑媽是將香菇、紅蘿蔔、黑木耳，以及桶筍切絲炒香，最後再加上金針，當然也可以自行調配，常見五花肉絲取代木耳，買不到桶筍時用洋蔥代替，卻萬萬不會出現青椒絲、黃椒絲。

五柳枝魚不是糖醋魚也不是紅燒魚。一定要炸到外酥內嫩，醋是重點，五印醋加上米醋以適當比例調和後加上糖，醬汁會呈現一種柔和的酸，沒有糖醋魚那麼甜，更不見紅燒魚那麼鹹，最後再些微辣椒提味，台菜是不會出現重辣的。可以說，五柳枝魚的分寸並不好掌握，但家裡每隔一兩個月都要「做祭」祭拜祖先，定然呈上炸熟的虱目魚或鯧魚，當天晚餐就會出現五柳枝魚，多年下來母親也向大姑媽學會八九成力道了。

從小母親不讓我進灶腳，「讀冊卡要緊，」她總是說。不論阿嬤、大姑媽，以及母親的手藝，完全沒能傳承半分。待長輩相繼離世，想念童年味和家鄉味時，連打電話請她們口傳的機會都不再有了。前一陣子，嘗試複製大姑媽的五柳枝魚，上網看各類影片教學，只能用「驚呆」形容——居然有知名廚師用番茄醬調味！番茄醬是加入丁香肉桂洋蔥的西式調味料，卻拿來做傳統台菜五柳枝魚？幾經研究，還是台菜傳承者黃婉玲老師的食譜最可靠，照著做依稀能重現那含蓄又精準的酸甜辣平衡滋味。

大姑媽終其一生只到過大台北數次，第一次是為了「抓」失蹤離家幾年的大姑丈，聽說那「夭壽仔」和第三者同居在三重，她帶著一起學藝的師兄弟北上，找到人，逼著蓋章離婚，抬頭挺胸恢復單身。

據說，我長得幾分像大姑媽，我的驕傲與榮幸。

那牽豬哥的阿公啊

雖是冬日，暖洋洋的日頭曬幾個鐘頭下來也是夠受的。媽媽一早就開始忙，一籮筐又一籮筐的白菜頭個個碩大又肥美，媽媽和阿嬤在門前大埕旁的小竹棚下趕工，一個負責用水龍頭沖洗去泥，一個負責用大菜刀先剖半再對切，之後再切成長條。她們趕著在中午前洗好切好下鹽巴揉捻，這堆小山似的白蘿蔔全得做成蘿蔔乾。

婆媳倆邊忙邊吐槽我阿公，說他：「不知道什麼運勢，種什麼『了』（賠）什麼」，不管是玉米、花生還是菜頭，只要阿公決定種的，當年一定大豐收，而且家家都豐收，賣不到好價錢。連累家中女性不是要曬蘿蔔乾就是炒花生，總之賣不出去也不能浪費。

曬蘿蔔乾不是簡單的事，鹽巴醃漬後的菜頭會出水，為加快脫水速度，媽媽叫小孩們赤腳洗乾淨，直接踏進大澡盆用力跳用力踩，裡面滿滿的蘿蔔條，這個遊戲真好玩，就是浸在鹽水中會有些微刺痛感，菜頭條脫完鹽水才能鋪在大埕上曬乾。成年後，我曾反覆想過，我們用力踩踏過的菜頭條有再洗過嗎？沒有吧，直接就拿去曬了，我們家這樣，外面賣的呢？很長一段時間對菜脯蛋有心理陰影。

從有記憶開始，阿公就很老了，瘦小駝背，雙頰因臼齒掉了沒補而凹陷著，雙手常顫抖。他那時大概七十來歲，是大家庭的最高權威。雖然已在行醫的三叔叫他放著田地不要再種了，每年扣掉工錢種子錢肥料錢，根本都賠錢，「袂種了，我給你錢！」三叔又勸又罵，但阿公無論如何不肯。這是他透過「三七五減租、耕者有其田」才分到的一小片地，阿公萬分珍惜。

那一年菜頭大收，批發商採購不了太多，知道全家大小都在怨念又要在大冬天做蘿蔔乾了，阿公氣得說：「我自己擔去賣！」快過農曆年，他蹲在屋簷下，用顫抖的手拿把大剪刀把一大張紅紙剪成一小條一小條，然後叫六七歲楞頭楞腦的孫子貼在菜頭上，象徵好彩頭。貼完了，「走，你陪阿公去菜市仔賣！」他那瘦小的身子用扁擔扛起二籮筐的沉甸甸，一步步走得巍巍顫顫，帶著弟弟出發做生意去了。

全家都很緊張，等待阿公賣菜頭回家。一早出門，下午一點多終於進門，籮筐空了，裝了兩條鮮魚，放下扁擔，立刻叫阿嬤：「去煮一碗魚湯來。」

阿公最愛吃魚，家裡三頓都要有魚，平常吃乾煎虱目魚最多，偶爾土魠白帶魚，逢年過節拜拜時才有整尾鯧魚，能煮薑絲清湯的海魚價格昂貴，很少上餐桌。雖然沒人敢問他賺多少錢，後來陸續聽那天上菜市場的鄰居說，生意很不錯，「大家看他老人家很可憐，快過年了，還要帶孫子賣菜頭。」弟弟也沒白跟，阿公發給他幾塊零用錢，一元紙幣皺皺的好幾張，我們看了很眼紅。

後來，阿公越發體弱，終究把田地租給別人了，只留一小塊種給自家用。

別看老阿公種田屢屢吃癟，年輕時他可是岡山地區乃至附近鄉鎮有名的「專業人士」——替農戶牽豬哥挑小牛犢的一把好手。「什麼叫牽豬哥？」我問阿嬤，「囡仔人有耳沒嘴！」阿嬤不肯說？纏著媽媽問個明白，「牽豬哥」原來是重要的育種專家啊，當時鄉下家家戶戶都養豬，阿公負責找到品種好的豬公帶去給需要「幫助」的母豬交配。不過，這應該不是太體面的行業。擅長豬隻育種外，阿公更是「相牛」專家，岡山小鎮每年著名的趕集日「籮筐會」，也是鄰近鄉鎮買賣牛隻的盛會，買家怕自家眼光不夠利，挑選不出最健康有活力的小牛犢，就會花點錢聘阿公幫忙檢查小牛的眼睛、牙齒、皮膚等條件。

阿公很疼弟弟，對我很普通，沒辦法，重男輕女是他們那一代的DNA。他常說：「幹恁娘！豬不肥，肥到狗。」因我小時常考第一名，弟弟的成績硬生生被比下去，只要聽到媽媽高興地拿我成績說嘴，阿公必然說上這一句。被比喻成狗的我不開心，被說成豬的弟弟也不高興。

喔，另一個鐫刻在他那一輩老台灣人DNA之中的是對國民黨和外省人的敵視。從小每逢選舉，聽了不知多少次他的幹譙，「外省豬」真的還算是客氣的。岡山畢竟是當時黨外前輩余登發的老家，余是大姓，雖然不是同宗族，怎可能不支持？縣長余陳月瑛在阿公口中是親親熱熱的「阿瑛啊」，雖然除了拜票時握過手，我很確定他們不熟識。念國二時，美麗島事件爆發，電視新聞天天播，阿公那時已經很老很老很老了，罵不動也說不出話來了，只能盯著電視看。

國三時，阿公走了，入殮前，他的身體被放在客廳長條板凳上，我發現有幾隻螞蟻爬上他的臉龐，忍不住用手拂開，觸摸的感覺冰冷冷，我和大人說有螞蟻喔，他們趕快拿毛巾蓋住阿公。

多年後，我帶男友回老家，他是祖輩廣東梅縣，十歲時方自緬甸來台的客家華僑，母語是客語，一句台語也不會講。母親對他印象滿好的，覺得他成熟，應該會顧家，不反對我們繼續交往，但忍不住私下說了一句：「如果妳阿公還在喔……」

我猜，如果阿公還在，會忍不住飆罵他的口頭禪：「幹恁娘！」然後不置一詞，冷著臉默默走開。

阿嬤的過年粽

前不久在一次聚會上，討論起台灣雖然不大，其實存在不少南北差異。就拿粽子來說吧，北部粽是炒過的糯米加上滷肉鹹蛋黃與香菇，用蒸籠蒸熟；南部粽則在生糯米中拌入土豆（花生），包入滷肉香菇魷魚後用大鍋寬水煮熟。不可避免，在座眾人爭論起南北粽的優劣，喜歡北部粽香氣的人嫌棄南部粽寡淡無味，一定要沾醬油膏；南部粽擁護者批評北部粽吃起來糯米太硬，哪有南部粽的香糯原味。身為南部人，忍無可忍站邊：

「北部粽就是粽子葉包油飯啊，還不如吃筒仔米糕！」「拜託，南部粽就像麻糬，白白的一團。」朋友反脣相譏。

平日自詡為口味多元，頗能欣賞各地特色美食，唯有碰到粽子，誓死捍衛南部粽。無他，全世界最好吃的粽子就是我阿嬤包的，而跟著阿嬤「縛粽」更是童年一等一的大事。每到過年，一包就是數百顆飽滿結實的好粽子，足足從除夕吃到元宵節。

不是端午節才包粽子？過年也要？這也是典型的南北差異。台北住了三十幾年，問過許多朋友，都說沒有過年包粽子的習俗，後來查資料，兩廣地區和越南人過年也要包粽子，或許和這些地區是糯米重要產地有關。

阿嬤包粽子十分講究，連粽子葉都曾要求阿公到附近竹林去割新鮮麻竹葉，油亮鮮綠的竹葉洗煮過後仍然香氣濃郁。餡料通常只有大塊五花滷肉和香菇魷魚，阿嬤會在前一天晚上做好一大鍋用醬油、胡椒粉、五香粉，紅燒到肉皮亮顫顫的五花肉，但不會煮太爛。第二天再將滷肉汁拌入洗淨的糯米，加入大量肥美新鮮的土豆攪拌均勻。

備好料，阿嬤腰背挺直雙腳叉開坐在小板凳，左前方是依序排好的竹葉、糯米、餡料，右邊是一串在竹竿掛好的鹹草粽束，她先抄起兩張竹葉摺成三角形，飛速填入糯米、餡料，再蓋糯米，包好綁緊一顆粽子應該不到二十秒，一串大約三十顆，個個緊實漂亮。

阿嬤平常沉默寡言脾氣極好，唯縛粽時霸氣十足，神情莊嚴，完全不讓兩個媳婦插手，嫌她們手勢不佳，包起來零零落落，外表不好看口感更鬆散。於是，媽媽分配到的任務是到廚房「煠粽」，大鍋熱水煮開後放下粽串，一鍋煮上兩小時。家裡的大灶腳有一座紅磚砌成的大灶，媽媽必須不間斷塞餵柴火，半天下來臉紅紅的，但我知道，她心裡也是歡喜的。阿嬤體貼她吃素，會特別為她包一串只有花生、香菇和素料的「菜粽」，她太愛了，過年時天天吃也不膩。

煮好的粽子一串串掛在竹竿上散發熱氣粽香。阿嬤會叫我們拿三、五個分贈鄰居，當然人家也會回贈自家肉粽，當晚全家以熱騰騰的粽子當晚餐，配上菜頭湯。第二天除夕一早，大人小孩直接再從竹竿上解下肉粽，根本不用加熱，冷著吃更Q更香。而阿嬤仍不得閒，除夕的功課是做紅龜粿和甜年糕，傍晚祭祖拜拜用。

紅龜粿得從前一晚浸泡糯米開始，一大早借用鄰居的石磨研成米漿，倒入棉布袋中綁緊，擰乾水分再壓乾，最後出來的糯米糰半乾半濕，加入「紅珠米」（食用色素），揉啊揉的，變得柔軟發亮後再分成一小片一小片，裹入豬油炒好的紅豆沙內餡包起來，再放入木製的「紅龜粿印」壓平。繁雜工序後完成的紅龜粿表面是極漂亮的花紋，抹上油放蕉葉上進籠屜蒸熟。至此，阿嬤的過年任務終告完成，其他祭祖用的菜餚和年夜飯都是媳婦的事情了。

童年時和阿嬤並不特別親近，至今也想不起來彼此說過什麼貼心話。她最寵溺表哥，姑姑不孕收養的孩子。她把表哥顧得緊緊牢牢的，彷彿害怕他被人欺負般疼惜。姑姑一直在高雄市內工作，一兩個月才返家一趟，一回來就拷問功課和品行，母子之間淡漠無話講，相較下阿嬤更像母親。小時難免埋怨阿嬤偏心，長大後才懂她的慈悲與柔軟。她惦惦付出的愛，像綁粽子的「粽頭」，將大家族牽繫成一掛，阿嬤走了，粽子也紛飛四散。

年紀漸長，越發懂得何謂「每逢佳節倍思親」。平常瑣事繁雜，根本不會想到遠去的親人，唯有碰上良日佳節，人空下來，心靜下來，一些以為早已淡然遠去的記憶，忽忽鮮明彈現。我這個貪嘴的不肖孫女，一年只想念阿嬤兩次，過年與端午。

時光梅子釀

前一陣整理家務，外子問我：「陽台那兩罐梅子怎麼處理？」「就放著吧！」我回，經過十幾年時光沉澱，當時母親浸漬的Q梅早已成一罐墨色沉沉的梅汁釀，不見梅形不見渣滓，只剩濃稠汁液。

媽媽很愛醃漬食物，愛吃，更會做。按著時令季節，餐桌每隔幾天就會出現涼拌或淺漬一兩天的蔬菜，顏色翠綠討喜的萵筍（A菜心）、大頭菜、白蘿蔔輪流漬，偶爾也做小黃瓜。做法也很簡單，一律切成薄片，先用點鹽巴搓揉放置讓其出水，去除澀味「殺青」，不同蔬菜的殺青時間要憑經驗拿捏。之後冷開水洗去鹽分，試過鹹淡後開始調味。給我們吃的會加上蒜泥、辣椒末、糖、香油，她自己吃的就不放蒜了，改放點香菜，放置一夜隔日吃時更入味。調味也看她隨心所欲，有時加點辣豆瓣醬，有時則加醋，但不管怎麼做，就是好吃，香脆爽口，早餐佐粥最佳，晚餐亦可解大魚大肉的油膩。

說來奇怪，看她做這些淺漬蔬菜真簡單，三兩下就完成，毫無技術難度，但換了自己嘗試，就是做不出相同的味道。有一次我特別撒嬌拍她馬屁：「老母，妳好厲害，為什麼隨便切一切捏一捏，漬大頭菜就這麼脆嫩好吃，是不是有什麼祕訣偷藏起來？」她得意回我說，哪有什麼祕訣，都是傳自外婆的手藝。

聽她講古才知，外公在日治時期是日本通譯，日文很厲害，殖民政府委任在小學開設日文成人課程，教授成人日語，因此與外婆相識相戀成婚。台灣光復後，外公日子不大好過，原本是受尊敬的日文通譯，一夕之間專業、職業都沒用了，鬱鬱寡歡，沒幾年生病走了，身後留下五女一么子，得靠外婆拉拔長大。媽媽是長女，自幼聰穎優秀，讀書成績佳，但沒辦法繼續升學，只能輟學到紡織廠上班，幫助外婆撫養弟妹。

被迫輟學是母親一生遺憾，從小到大聽阿姨舅舅說過好多遍，述說大姊成績如何如何優秀，是兄弟姊妹當中最會念書的，小學老師如何到家中懇求外婆讓她參加升學考試，「一定可以考上北一女或北二女。」然而，沒辦法就是沒辦法，下面一串弟妹要照顧，當最小的么妹都因家貧被迫送人撫養了，媽媽還能怎麼辦呢？這一生，從未從母親口中聽過埋怨外婆的話，倒是說了好多遍，小阿姨被送養那天，她捨不得，天真地偷偷揹著小阿姨逃走藏起來，當然還是被大人找到，姊妹分離時她哭到喘氣。所幸，小阿姨的養母和外婆是好友，從未斷了聯繫，讓媽媽對小妹的疼愛得以延續。

母親輟學幫助家計，柔弱的外婆也扛起責任，每天一大早，她會推著木頭醬菜車，在桃園住家附近大街小巷叫賣，車上整齊排列著她自製的佐粥醬菜：豆腐乳、醬瓜、漬大頭菜、炒蘿蔔乾、麵筋、味噌茄子、醃蕗蕎……

小舅舅從小就幫著她清晨出門叫賣，七八點後才回家上學。難怪，母親愛吃醃漬物，不只是台灣人的飲食傳統，更有她原生家庭寡母手足相依相愛度過艱困歲月的回憶。

外婆到老都白皙秀氣，說話輕輕緩緩，未語先微笑，是非常漂亮慈藹的老人。說實話，比起媽媽大聲大氣，做起事來說風就是雨，外婆秀氣太多了。母親六十歲從基層公務員退休後，偶爾會把外婆從桃園接到岡山住上一陣，母女暮年時得以相聚，彼此皆珍惜。一次回娘家時外婆也在，和我聊天時說：「Taeluko（媽媽的日文名）細漢時讀冊足巧ㄟ，妳足親像伊。」然後笑咪咪說起母親雖然心地好，但脾氣暴躁，「好哩家在妳性地好，ㄟ忍耐。」知女莫若母，外婆是最有權威講這話的人，後來母親對我若控制不了脾氣，一點小事也大呼小叫，我就拿外婆說的這句話反擊，她每每啞口無言，瞪我一眼，氣就慢慢消了。

長年臥床前，母親迷上醃梅子，做脆梅，Q梅也做。每年春天興沖沖託人到甲仙地區買新鮮青梅，一買就是十斤二十斤，她告訴我清明節前採收的青梅做起來才會脆口，節後採收的只能做Q梅。青梅量少，做好了很快可以吃，Q梅卻能久放，愈久愈好吃，拿來泡茶飲做料理都是好物。

做梅子手工繁瑣，得先用粗鹽搓揉，再以漬鹽水浸泡，最後漂水脫水，前前後後搞好幾天，才能放置玻璃罐中，一層梅子一層糖，慢慢發酵。四月清明節後做，七月暑熱時開封，每一顆梅子皆碩大酸甜，每一滴梅汁皆稠如蜜。

那一年，她做好後寄了兩大罐上台北給我，還沒能等到開封，我車禍骨折做神經移植，她北上照顧我起居三個月，卻在回岡山後第二天騎摩托車摔倒受傷，從此失智臥床六年後離世。

就讓這兩罐梅子繼續密封吧，把她對子女的愛，我們對她的思念，永久封存起來。

媽媽的台式客家小炒

在雪梨唐人街，母親認真挑選伴手禮，她看中了一款有可愛袋鼠的T恤，一件十二澳幣，五件五十，「這件可以給山山穿，大小剛好。」「不用了，妳買回去送人就好，他衣服很多了。」先生婉拒好意，覺得不要浪費錢，我也贊同，長住雪梨還穿袋鼠衣，怎麼看都有點傻。「很可愛啊，為什麼不要？」媽媽繼續堅持，先生持續反對，幾個回合下來，媽媽說我們不願意她買這T恤等於「看不起她」，氣到抓狂要我替她改機票，早日回台灣，「勿湯掂這看人面色。」

都說「丈母娘看女婿，愈看愈有趣」，但媽媽和先生之間，「愈看愈有趣」的美好時光不少，亦時見擦槍走火的小戰事，每每讓我這收拾善後者無言無奈。猶記初次帶先生回家拜見未來丈母娘，媽媽大致滿意於各種內在外在「條件」，卻也私底下對我嘀咕，「他是客家人，咁ㄟ合？」

從小到大聽了不少「本省人」對「客家人」的刻板印象評論，例如「小氣」（非常勤儉）、比本省人更「重男輕女」，因此客家媳婦必須十八般武藝一把抓，她擔心個性疏懶如我，無法勝任此重責，這份擔心一輩子從未放下。

雖然阿公、阿嬤不太滿意先生「外省兼客家籍」的背景，婚，還是很順利結成了。台籍岳母為了替女兒「加分」，平日對客家女婿非常疼惜，知道他喜歡吃紅燒豬腳、炒米粉和客家小炒，隨著冷凍宅急便普及，每隔一兩個月就寄來一大包食物，不時耳提面命要我學著做這幾道菜，「毋通貧憚，查埔人攏嘛愛厝內有飯通食。」其實，她的國語說得不錯，未退休前是基層公務員，和長官溝通一直說國語，但不知怎地，只要內容是她認為要緊的交待，一定改換成台語頻道。碎碎念要求我多煮飯、多燒幾道先生喜愛的菜餚，在她心中性格行事屢屢如「野馬」般不羈的女兒，人生之路婚姻之途怕有翻覆之險，必須多多提醒幾句。

客家小炒是道地客家菜，少女時代從未出現在娘家餐桌上，為了女婿她特地去學，並且頗自豪自己的台式改良版，硬是說豆干沒味道，要用「肉捲」來代替。「肉捲」是南部菜市常見熟食，主材料是魚漿，包著肥瘦豬肉丁，裹成壽司長條狀，微炸後販售，吃時切厚片煎得赤赤香香，就是一道菜了。

媽媽不欣賞也不擅長細膩刀工，認為切得太「幼秀」等同於小家子氣，捨不得別人大口大口吃。於是，媽媽版的客家小炒如下：五花肉煮好後切粗條，和蝦米香菇條以寬油爆香後，放入魷魚條（常見的二倍粗）、肉捲條和大量蔥段拌炒，最後放醬油膏和胡椒粉，香噴噴起鍋。

香是香，但我從未有勇氣告訴她，這真不是「客家」小炒啊，充其量可稱之為「台式」小炒。不論如何，女婿很捧場，總是讚美好吃，很油很香，丈母娘就更起勁了。做菜以澎湃取勝的母親，每次做客家小炒必定搭配炒米粉，她會留一些炒好的料在鍋內，加入紅蘿蔔絲高麗絲略炒，加水煮滾後，放入米粉以長筷拌炒，「妳看，多簡單！煮飯也要動腦筋。」

確實，母親的炒米粉在親朋好友間挺有名，也是三不五時敦親睦鄰的社交好幫手，她熱愛煮菜分享諸親友，也別無他求，只要大家真心誠意讚美一句「好呷」就足矣。若有更上道者認真向她請教食譜做法，她立刻引為知己，保證下次再奉送美食到府分享。

好強、愛面子，一輩子沒有安全感的母親離開十幾年了，先生每次外食看到菜單上有客家小炒必點，我則始終沒能學會這道她的拿手菜。

那一道緬甸酸菜魚湯

那年冬天，特別回到中和華新街買菜。這是從氣味到街景，大台北最具異國風情的一條街，許多招牌直接寫上畫圈圈的緬文，穿著沙龍夾腳拖的男女在緬甸小吃店和雜貨店進出，菜市場更有一些傳統台灣市場少見的蔬菜、醃漬食物和熟食，例如緬甸著名小吃魚湯麵需要的食材香蕉莖、香茅，以及緬甸產製的魚露和蝦醬。

婚後第一個家就在華新街，這是我曾經住了七年的地方。

但那天，從市場頭走到市場尾，問遍大小菜攤，遍尋不著我急著要用的食材，

「有沒有賣一種緬甸酸菜葉，綠綠的，煮了以後變成咖啡色黏黏的，常和洋蔥辣椒蝦醬一起炒？」我急了，明明以前很常見到的啊，「妳說的應該是Chin baung yeh（緬語發音），夏天才有啦。」總算，巷尾一位賣自家種青菜的阿公告訴我。有點難過，原本想做一道「緬甸酸菜魚湯」，這是緬甸華僑的公公教我的第一道料理。

搬離華新街太多年，竟已忘記這是季節菜。心中滋味難以言說，走出市場，我告訴開車等在街口的先生，「對不起，沒買到，不能煮給你二哥吃了。」之前到醫院探望癌末的二哥，他已胃口盡失。我問他：「二哥，下回我們來看你的時候，我順便煮酸菜魚湯給你吃好嗎？應該好多年沒吃了。」他點頭，但怎樣也無法在十二月買到酸菜葉，失約成為永遠。

公公走後，這道菜已絕跡餐桌多年。認識公公時，他八十出頭，我是二十五歲新嫁娘，先生是他知天命之年的老來子，我們之間的相處不像翁媳，更像爺爺與孫女。他是廣東梅縣客家人，一九二〇年代隨父親移居到緬甸，當時緬甸仍是英國殖民地，那也是喬治歐威爾《緬甸歲月》中迷人又墮落的時代。二戰後，緬甸獨立，卻陷入政治混亂，隨尼溫軍政府上台（一九六二年）執政，逐漸走向社會主義鎖國，幣制改革（一九六四年政府下令停止五十元及百元大鈔流通）讓太多華僑一夕間畢生財產付諸流水，華文出版許可與華校教育陸續被廢。終於，一九六五年公婆攜三子舉家遷至台灣，輾轉後落腳中和華新街。

中永和與台北市中心以新店溪一水之隔，彎彎曲曲的巷弄街道原本就「藏著」許多中國大陸各省遷台新移民，越往景平路華新街一帶走，房租房價越便宜，又有不少如德州儀器等工廠，正可接納初來乍到、缺乏安全感，尋找舊僑聚落的緬甸新住民。當我結婚時，公公一家已在華新街落戶近二十年。

記得那天，公公興沖沖拿出一盆朋友分給他的綠色盆栽，用客家腔國語告訴我：

「這是Chin baung yeh，酸菜葉，仰光很好種，台灣卻不容易活。很好吃，他們兄弟從小就很喜歡。」他殷勤照顧，陽台上搬進搬出，注意澆水和日曬，終於在一天傍晚，公公剪下一大把嫩葉，莖頭暗紅，葉片形狀像楓葉但三掌更細長。

公公說這葉可炒可煮，有些人習慣先燙過，但他通常直接入鍋。那晚，公公教我兩道酸菜葉料理，先用蒜末和洋蔥末爆香，放點蝦米一起炒，然後放入粗切後的酸菜葉後同炒，油多放一點，更別忘記辣椒，「緬甸人會放蝦醬炒，我們放不放都可以。」公公是虔誠一貫道信徒，茹素多年，他自己吃的話當然不放蝦米和蝦醬，但為孩子做料理時則酌量放點增香。他又說，先生幾兄弟更喜歡吃酸菜魚湯，一樣是先炒香，之後加水煮滾，放入煎好的吳郭魚慢煮個二十分鐘。

該怎麼形容那味道呢？炒煮過的酸菜葉釋放出黏稠汁液，酸、軟、滑，加上蒜香辣味，一入口馬上要配上白飯。先生下班回家，看到久違的緬甸酸菜魚湯，眼睛發亮，真是他喜歡的童年滋味。可這葉子不易活，印象中種不到一年就死了。某天，公公又很高興告訴我：「菜市場有人在賣了，一大把二十元，我們以後不必再自己種了。」他笑得眼睛都瞇起來了。

二〇一八年農曆春節期間的家族緬甸行，重頭戲之一當然是吃道地緬甸菜。不像台灣餐廳現點現做，傳統緬甸餐廳是將一道道菜餚事先做好一大盤，客人點好菜後再分裝在一個個迷你小缽小碟上桌，每人面前擺一盤白飯，大家圍著矮桌盤腿而坐分食。果然，從咖哩牛肉、薑黃豬肉、咖哩魚，每一道菜餚都又油又鹹又酸又辣，我指著那一道加上酸筍絲一起炒的褐黑色酸菜葉，對孩子們說，「你們一定要嚐嚐，這是公公和二伯以前最愛吃的。」

不久前才知道，Chin baung yeh 其實有中文名，是做蜜餞和茶飲的洛神花之葉。

破布子與醃越瓜

最近收到兩樣餐桌上的小禮物：破布子炒豆包和自家醃漬越瓜。在這溽暑苦熱天，煮一小鍋稀飯，醃越瓜切薄片炒大蒜、辣椒，再回鍋煎炒一下破布子炒豆包，真是太美味的消暑餐。偏偏這兩道我視若珍寶的好食，家人卻毫無動筷的慾望。

曾哄誘稚齡兒女嚐一下破布子滋味：「吃這個很好玩喔，是長在樹上的可愛樹籽做的，咬一咬把肉吞下去，籽籽吐出來。」他們看面子嚐一口，再也不肯繼續，評價是破布子的果肉微澀，帶點「腥」味，「第一個發明吃破布子的人，應該真的很窮。」女兒評論。

至於越瓜，「就是鹹鹹脆脆的啊，沒什麼營養吧，妳胃不好，醃漬物不要多吃。」家人勸告。有些傷感，這戀戀不捨的滋味，難道是因為我戴上懷舊濾鏡所以特別美味？若以客觀標準來說，這兩樣南部夏日才「大出」的漬物，其實並不容易讓一般人接受？會不會有一天，難做又費手工的破布子餅終會消失？

說起來，越瓜和破布子是很奇妙的食物，幾乎每個人都吃過其「另一種形式的存在」，但看過它們原來長什麼模樣、對它們感興趣的人卻不多。台灣人都吃過愛之味或其他牌子的「蔭瓜」吧，蔭瓜就是將新鮮越瓜蒸熟後泡製醬汁而成。老一輩習慣早上配稀飯，但更受歡迎、更健康的吃法是將蔭瓜搗碎後，加上蒜末和絞肉，攪拌均勻做成肉餅蒸熟，或是連同湯汁一起煮雞湯，讓肉類多了甘甜滋味。

破布子蒸魚、破布子炒山蘇或高麗菜，不只是台菜餐廳必備菜色，很多人打開冰箱應該也找得到，然而見過破布子新鮮果實的人，嗯，應該不多。很榮幸，在南部長大，又有一位熱愛醃漬的母親，我不僅見過本尊，也跟著玩過醃漬的過程。

先說越瓜，炎夏正是盛產季節，如今要在菜市場買到新鮮越瓜卻十分不易。主要是懂得品嚐新鮮越瓜的人越來越少，農民大都和食品加工廠簽契作約，收成後直接拉入工廠做成罐頭蔭瓜，只餘少量被農家做成醃瓜、鹽瓜仔，在傳統市場銷售。

小時候，新鮮越瓜還是菜市場常見的廉價夏日蔬果，不只母親會自己醃漬，左鄰右舍也常見用竹筐曬瓜脯。越瓜的大小介於大黃瓜和小黃瓜之間，剖開來的瓜籽則像傳統香瓜，去除瓜籽後，剖面朝日頭曝曬，晚上回家後抹鹽，用重物壓著出水，這樣連續操作兩、三天（視日頭大小），就是「鹽瓜仔」。可以趁新鮮炒肉末或肉片、煮虱目魚湯，更講究一些，切片調上味噌或者米醬、糖、米酒，裝瓶收藏起來慢慢吃。

母親有一道獨門的高粱酒醃越瓜料理，不但從未在其他地方見過，在網上搜尋食譜也未可得。她的做法是三曬三壓出水後的越瓜，切成細條狀，加上紅辣椒、砂糖以及足量高粱酒浸漬，最少放上兩個月吧，待越瓜條完全呈現脫水後的乾癟狀，打開蓋子，真的太香了。

經年茹素、平日滴酒不沾的她，究竟是跟誰學會這道高成本醃漬料理？母親每每珍惜地只夾幾條出來配飯的陶醉神情，至今猶記。醃漬後，越瓜原本的濕軟質地已變脆韌，細細咀嚼發出咔咔聲，酒香、甜鹹香在口腔纏綿不散。

再來談破布子餅，母親曾興致勃勃買回連同枝枒的新鮮破布子，但就一次，便發誓兼詛咒再也不自找麻煩了。新鮮破布子買回後要放在水中清洗，一顆顆摘下來，如果不在水中摘果實，雙手會被黏液搞得很狼狽。將破布子放入水中熬煮，要把果實煮到不苦不澀，最少得小火熬一、兩小時。熬破布子的同時調煮食鹽水，必須非常非常鹹。

煮好破布子後是更費工夫的「定型」，趁著剛煮好熱度很高、黏性十足時，拿個小碗裝滿破布子一起放入鹽水中快速揉捏成餅狀，捏塑的動作要迅速，熱破布子一碰到鹽分就會凝結，溫度是關鍵，溫度一低就無法成型。

這麼麻煩，當然去菜市場買更划算。從前很便宜，如今製作的人少，貴了一些，但一小塊破布子餅也只是百元之譜。捏碎、放點九層塔碎或薑末，炒蛋、炒豆腐，或是炒豆包，就是母親最愛的素食料理，很香很鹹很下飯，三不五時就出現在她餐桌上。

我總懷疑，母親不到五十歲就血糖飆高、糖尿病確診，和嗜食醃漬品配白飯，攝取太多鹽分和醣類有關。每每看到她享受醃漬食物，配著白飯一頓吃下兩大碗時，常忍不住碎念她要節制、要忌口。有次念到她生氣了，吼我一句：「吃乎死卡贏死沒吃。」唉，快樂吃還是健康吃，to be or not to be。

紅燒肉大亂鬥

夏日竹筍大出，桂竹筍紅燒肉、綠竹筍紅燒肉輪流出現餐桌，家人吃肉我嗜筍，各得其樂。原本不愛吃也不敢吃五花肉，不知不覺愈燒愈有心得，紅燒肉已成為宴客時勉強拿得出手的菜餚之一。

究竟怎麼學會紅燒肉的呢？

認真一想，皮油Q亮、肉嫩味濃的紅燒肉，這些年來在自家廚房已歷經數個版本大亂鬥。需不需要先過冷水煮沸去腥羶？還是生肉入鍋拌炒斷生（微微焦黃）？

是先把冰糖炒融讓肉塊上出漂亮糖色？還是肉塊直接下醬油冰糖與紹興酒慢燒？紅燒肉最佳夥伴是雞蛋豆干油豆腐，還是蘿蔔海帶綠竹筍？一道紅燒肉，不斷嘗試新做法，至今尚未找到最佳定論。

據說童年味覺記憶會跟著一輩子，成為一生衡量食物美味與否的標準，但對我而言，起碼紅燒肉這一味，此說法並不成立。在南部長大，阿嬤典型的做法是將五花腩切成長方大塊，先入大鼎「逼油」，當然不像用肥肉丁榨豬油般徹底逼乾，而是稍稍焦黃，豬皮部分酥脆即可，之後撒鹽，起鍋，裝進大碗公拜拜用。家中祭日多，一個月兩次「做祭」拜祖先，阿嬤必定先做這道菜潤鍋。當天晚上，這一大碗公的豬肉塊就是最顯目最重要的主菜。

第二天，剩下的肉塊加上水、米酒、醬油、糖和蒜頭，以及許多「豆腐炸」（油豆腐）一起紅燒，再吃一頓。這，就是我童年餐桌的紅燒肉了。說也奇怪，從小接受不了這道「大菜」，特別是肥肉部分完全無法入口，頂多只吃點豆腐炸下飯。

結婚成家後對烹飪發生興趣，開始自己亂學亂做，母親教我做一鍋有肉有滷蛋有海帶油豆腐的台式紅燒肉，家人接受程度很高。對忙碌的職業婦女來說，這一鍋簡直是救星，做一次吃三天。她交代用金蘭醬油和米酒最適配，做法簡單極了，五花肉梅花肉各半，先川燙，起油鍋爆香蒜粒，再加入肉塊翻炒，之後加入米酒、醬油和適量水，大火煮開後換小火慢燉一小時（有時甚至煮開後放進電鍋燉煮），可隨興加入白煮蛋、豆乾或油豆腐。職業婦女的時間分分秒秒掰著用，既然家人喜歡，這道菜和咖哩雞一樣，並列餐桌最常出現菜餚。

孩子慢慢大了，我也從記者轉成自由文字工作者，之後成為出版人。閱讀飲食文學和食譜成為工作之外最愛的抒壓之道，從前輩作家汪曾祺、唐魯孫、梁實秋和林文月，中青代美食作家焦桐、蔡珠兒、王宣一，以及上海作家邵宛澍、四川作家石光華……家中飲食類藏書一排接一排。閱讀帶來實踐的動力，隨之而來，廚房的實驗之作愈來愈多，台式控肉太沒挑戰性了，我要嘗試濃油赤醬的蘇式紅燒肉，並以上海知名美食作家邵宛澍《下廚記》的版本為準。

邵宛澍這道紅燒肉來自蘇州祖母傳授，肉要選上等夾心五花肉，最佳的部位可達十層，但太難買到了，至少也要四五層才合格。切成麻將塊大小，先以冷水加上料酒浸上十五分鐘去除血水肉腥，然後一次加足冷水，浸過肉高起兩吋以上、開大火、加料酒以及半湯匙醋。等水沸後，肉塊翻滾狀態，最麻煩的時候到了，要不斷將浮起的黑紅色雜質撇淨，連鍋邊沾黏的都要清除，這段撇沫最考驗沒耐心的廚娘如我，他的訣竅是旁邊備一碗冷水，湯匙每撇一下就浸一次冷水。

大火煮上半小時，改用極小火加蓋慢「撟」一小時，這是關鍵，如果不幸水燒乾了，必須加熱開水，絕不能冷水。燒到可用筷子一戳即透，終於可以換到炒鍋加醬油了，最好放廣式老抽，裡面的焦糖會幫助上色，加上醬油後以中小火開蓋燒，約莫三十分鐘終於入味也收汁得差不多了，最後才放冰糖。要大氣，一斤肉一兩冰糖，糖融化後湯汁逐漸稠厚油亮，正宗蘇式紅燒肉宣告完成。只放冰糖、醋、酒和醬油，什麼都不加，正宗美味醇厚，但火候實在太麻煩，一搞二、三小時，做過兩次以後就投降。

前幾年，特別去跟美食工作者吳恩文上課，學做他的家傳海味紅燒肉。他的做法是先以少油爆香薑片，肉塊下鍋翻炒至「斷生」，放碎冰糖融化上色，再加入泡發的魷魚條、蝦米和鈕扣菇翻炒，最後加入料酒、醬油和足量水，滾後小火燒上五十分鐘。紅燒肉加上海味真是絕配，魷魚香菇比肉更鮮美。

某年夏天，偶爾嚐到友人不加一滴水只豪邁加入整瓶黃酒的綠竹筍紅燒肉，又發現新天地，炒肉斷生上糖色的程序一樣，但以料酒代水，放入鑄鐵鍋中慢燒，先燒三十分鐘後再放入煮熟的綠竹筍十五分鐘，成果頗似蘇東坡的「慢著火，少著水，火候足時它自美」。

我的「完美紅燒肉」之路，看來還遠著呢。

餐桌配角的逆襲

那天午後在迪化街閒逛，發現民生西路口騎樓下有人正坐著剝蒜頭，天啊，一瓣瓣雪白的蒜頭堆在竹畚箕上真是太美了，立刻丟下友伴狂奔而去，一口氣買了四斤剝好的蒜頭，不到四百元，這家批發商通常做餐廳生意，大概很少見到這般興奮之情難以掩飾的一般顧客，叮嚀冷凍起來可以放很久。

那裡用得著冷凍啊，回到家立刻開工，洗淨晾乾，烤箱一百六十度預熱，灑點鹽淋上大量橄欖油放兩葉迷迭香烤上一小時，這是西式做法；中式做法則淋上葵花油，毫不手軟放半瓶干貝醬一起烤。烤的過程香氣迷人，出爐後的烤蒜口感綿密，入口香甜，再也不見嗆辣味。用乾淨玻璃罐密封，之後拿來炒菜拌沙拉、做義大利麵或烤大蒜麵包，簡直萬用。然而，我最愛的奢侈吃法是當成開胃菜，小蘇打餅乾上置放幾顆，搭配一杯紅酒慢慢飲啜。

有人不吃蔥，有人討厭蒜，不愛薑的人不少，更多人看見香菜就皺眉……以上這些毛病我通通沒有。不記得何時開始，對菜餚裡專司增加風味的蔥薑蒜等香辛配角，喜愛程度逐漸輾壓主角。到江浙小菜店買蔥㸆鯽魚，總要厚臉皮跟人家說：「拜託啊，蔥多放一點。」有回恰好碰上老闆，她笑咪咪說：「內行喔。」煎至焦黃的蔥段與鯽魚和醬汁同燒數小時，入口柔韌酸甜，比鯽魚更適口，佐粥最宜。不久前到宜蘭渡小月吃飯，海鮮櫃前配菜師傅大力推薦只指甲長短的迷你海蝦仁，說和三星蔥同炒是一絕。果然，爽脆鮮甜的蔥白切成一公分小段，旺火快炒海蝦仁，相較其他價昂海鮮更美味。

每年春天總要到烏來山區吃上幾次珠蔥。紅蔥頭種出的珠蔥很嬌貴，挑剔生產水土，喜歡涼爽低溫，新店烏來山上的人家小量種植，供給當地野菜餐廳或在路邊擺攤，是春天最愛的時蔬。珠蔥的辛香味淡，貴在脆與嫩，拿來切蔥花當配料未嘗不可，然切段和雞蛋快炒幾分鐘才是最不辜負的吃法。一大把珠蔥上了桌縮水成一小盤，在餐廳每每加點，光我一人就可大啖一盤。

和珠蔥一樣熱愛的是日本大蔥（日文「長ネギ」〔nagaregi〕），體型比一般青蔥粗壯多多，接近青蒜甚至更肥碩。那年在北海道旅行，發現拉麵和味噌湯上都撒上大量大蔥蔥花，一吃鍾情，又在札幌農夫市集看到了，立刻買上三根回民宿料理，仿照蒜苗炒臘肉拿大蔥炒火腿絲或魚板絲，嗯，質地綿柔甘甜，真好吃。回台北想解饞，微風、Jasons或新光三越超市偶爾得見，進口價格比日本原產地貴四五倍不止，聽說這兩年台灣已有農家開始小量種植，希望知音再多一點啊。

相較蔥蒜，薑的辣味似乎是更成熟的大人味，孩子小時除了三杯雞外，排斥薑味太重的料理，能接受薑汁燒肉是長大以後的事了。我酷愛嫩薑芽，粉白色的幼細仔薑呈透明感，彷彿看得見汁液流動，也是每年追著季節採買，五月初夏上市，頂多二個月就變老變辣了。不愛日式甜漬，喜歡母親的做法，切成細片，放鹽巴殺青，加上米醋或蘋果醋、一點冰糖泡個兩天，就是夏日消暑美物。醃好的嫩薑片可切絲與牛肉絲或豬肉絲同炒，以辣椒絲點綴，太開胃。到了冬天，老薑切末，用麻油好好煸炒，做成麻油薑存放，拌麵線、燙青菜或荷包蛋上調味，是冬日暖心暖胃的暖滋味。

好像沒有任何辛香植物是不愛的，蔥薑蒜之外，香菜、九層塔和紫蘇是冰箱必備，西式香草薄荷、羅勒、迷迭香和巴西利都喜歡，陽台種上幾盆，泡花草茶或是烤雞醃肉煮義大利麵皆好。泰國菜雲南菜常用的香茅、香葉、刺芫荽也頗喜，思來想去，唯一接受不了的是折耳根（魚腥草的根），雲南菜和貴州菜常見，貴州人更熱愛，曾在旅行時好奇點來嘗試，被其澀其腥嚇到了。一口，真的是一口也無法嚥下。

我的餐桌可以沒有雞鴨魚，但不能少了蔥薑蒜九層塔香菜……主角是誰我說了算。

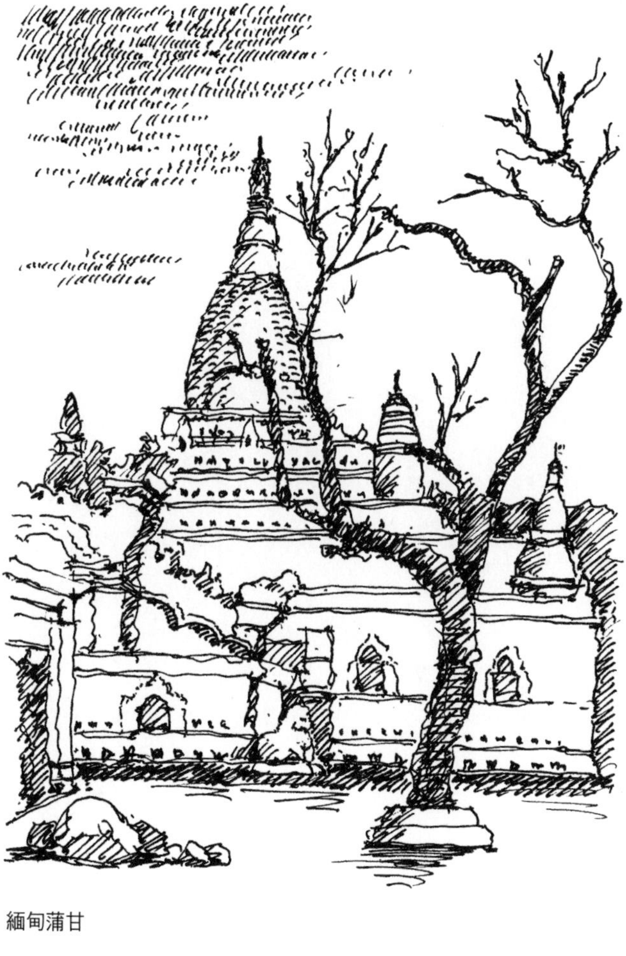

緬甸蒲甘

雲南大理民居

雲南崇聖寺

沙溪古鎮

虎跳峽

重慶小巷

鎌倉一隅

蘇州震澤古鎮

輯二◉總在行與旅

旅行風景

鎌倉三記

鎌倉是個魔力之地。

早上從澀谷搭上電車時，東京只見小雨絲，十一點多到鎌倉站時已大雨嘩啦啦。我沒帶傘，相信之前氣象預報說的天氣晴，沒法子，只好衝到大街上買把小雨傘。

再轉江之島電車到長谷，不為看大佛，只想去參拜七百多年歷史的長谷寺。秋雨愈下愈大，滂沱中賞紅葉固然別具滋味，但風衣幾乎濕透，小雨傘擋不住，人要打哆嗦了，只能狼狽逃出寺外，沿著主商店街找躲雨處。不想吃生冷的日式料理，這時需要一杯滾燙熱咖啡寧寧神。

還真找到了。店小到連招牌都沒，幸好眼尖瞥見落地窗，算一算坐滿了頂多十五人。窗明几淨，沒一絲多餘的造作浪漫，明亮怡人像家的感覺。店主是一對老夫妻，先生掌廚太太招呼客人，一發現我半句日語也不會，她馬上換上英文菜單，用流利英文介紹餐點，選擇很少，兩種三明治兩種義大利麵兩種焗烤飯三種蛋糕。看照片點了一道我根本沒聽懂材料是啥的義大利麵，端上來才發現上面那一坨灰灰小東西是魩仔魚。用魩仔魚做義大利麵？我孤陋寡聞沒嚐過這種組合，卻出乎意料美味。佐香醇咖啡看完半本村上春樹散文，雨停了，陽光透進落地窗，風衣已半乾，旅人自該繼續行程。結帳時老闆娘笑問我何處來，再鄭重贈予一方和式精緻書籤。

道再見，老夫妻兩人微笑鞠躬相送。看著他們，忍不住想，自己老嚷嚷退休後要開的小咖啡店，就該是這模樣，用美好的食物與笑容，最簡單直接的溫暖，接待每一位來客。

下一站是妙本寺。我迷路了。鎌倉站站長告訴我約二十分鐘腳程可至，卻愈走愈像一般住宅區。問了兩次路，和一個高中女孩比手畫腳時，有位歐吉桑主動湊過來幫忙，不只是指路，他直接帶我走了二十分鐘到寺廟入口，更細細叮嚀該如何指認路標，等一下方能順利回到車站。在北海道，在京都，都曾一人旅行，問路當然少不了，但如此醇厚人情，唯獨鎌倉。

離開妙本寺，從小徑轉入大路前，迎面而來的人，我認識啊！明明前一天我們還在東京的出版社開會，大家正經八百討論案子，隔天居然在此相遇，他穿著短褲揹著購物袋，和妻子剛剛買完菜回家路上。他說他就住鎌倉，每天通勤一小時到東京上班。數千萬人口，怎可能有此巧合？就是發生了。古都鎌倉，確有魔力。

秋日大雨中對鎌倉一見鍾情，翌年深冬再度造訪。仍然是長谷寺附近街道，有人在家門口擺了一台咖啡書車，招牌「咖啡屋台」（Coffee Stand），賣咖啡也賣二手書。零度氣溫的戶外散步，正需要一杯咖啡暖手暖身。就這樣，在長谷與竹九夢二不期而遇。店主擁有一批全套竹九夢二明治四十三年（西元一九一一年）洛陽堂發行夢二畫集的初版複刻本，此複刻本裝幀印刷饒富古風，除了夢二著名的浮世繪美人，更有多幅山海風景畫和庶民生活寫真。全套二十餘冊含詩畫集、畫冊、童話，版畫集，只賣原價四分之一不到。掙扎良久，扛不動，只買下一小開本畫冊，這杯二百五十日圓的咖啡帶來竹久夢二陪伴旅程的喜悅。

既然總是想念和不捨，何妨三訪之。這一回，江之島電車七里濱站，沿著海岸公路走三分鐘可達的「bills」，來自澳洲雪梨的鬆餅名店，咖啡醇香鬆餅細軟，伴著手邊的《身為職業小說家》二校稿，一面看書稿一面想像，住在離湘南海岸不遠的村上春樹，有沒有來過bills喝咖啡，或是在七里濱海灘跑過步呢？編輯此書時的中途旅行，特別選住湘南海岸線小站，也算是成全編輯者的一點痴心了。

小津安二郎埋骨之所的圓覺寺，春櫻花夏繡球秋楓紅冬白雪的明月院，《倒數第二次戀愛》和《海街日記》的極樂寺……鎌倉三記，永遠未完待續。

我的烏鎮時光

睜開眼，洗漱完立刻出門散步，六點到九點這段景區還未湧進遊客的時間太珍貴。一切都剛剛好，三月仲春的微風剛剛好，梅花滿開到即將凋謝的姿態剛剛好。慢慢散去的薄霧中，想起所謂煙雨江南煙花三月。在橋頭石墩上安靜地坐著，望河，如同河畔垂柳一般懶洋洋。河上小舢舨挨家挨戶收垃圾，一小船上站了數隻黑色猛禽，「師傅，這鳥做什麼的？」我問，「抓魚的。」

待石板路上店鋪一家家開門，慢慢起身，踱步回旅舍，把小橋、把流水，把人家，讓給其他遊客吧。下午三四點，景區即將關閉，再重新出門，找到人少臨河咖啡店，看書看人看河任君自選。待日落黃昏再逛一回小橋流水人家，人潮越來越多了，都是住在景區民宿的遊客出動看燈火夜景的。

怕奔波累，在烏鎮西柵景區內訂了一間民宿，走逛一二小時隨時可回「家」休息。沒想到，誤打誤撞訂了名店，房東燒得一手好菜，附設食坊被網紅明星推薦，成為旅遊攻略的必訪美食。於是：午餐時，正在看菜單，同桌二個小姑娘驚呼：「這，這麼大啊！我們吃、吃不完啊！」網路推薦第一名的「蒸雞」快要跟臉盆一樣大了，她們又貪吃，點了四樣菜。阿姨我同情心發作，「那我替妳們分一半好了。」「拼」這半隻雞六十四元人民幣，根本吃不下其他了。吃飯要「拼桌」，遊河包船四百八十元，當然也要「拼船」，拼船拼桌拼雞我都很OK，都已經這麼「拼命」玩了，還怕什呢！放心啦，我還是很惜命，別人一天來回烏鎮上海，我卻待三天，慢慢走路，慢慢晃，慢慢想。

二〇〇六年，七十九歲的木心決定離開紐約，回到烏鎮東柵故居返鄉定居，二〇一一年過世後，故居成為「木心紀念館」。二〇一四年，貝聿銘事務所設計的「木心美術館」在西柵落成。少年時代，才華洋溢的富家子弟木心離開保守封閉的家鄉，奔向上海北京，卻幾度陷於牢獄之災。中年後赴美定居紐約，大開大闔，揮灑創作之魂，終在晚年選擇回到原點，故鄉也以最大的熱情擁抱老人。小小紀念館濃縮藝術家一生的叛逆與追求，騷動與狂野。濃度太高了，需要不時停下來喘口氣。

「我是個吃苦耐勞的享樂主義者。」

「我不好鬥，只好勝。」

「生活的最佳狀態是冷冷清清地風風火火。」

「聽得見的是修辭，聽不見的是詩。」

「我是這樣的一個既絕望又滿懷信心的人。」

「光陰改變著一切，也改變人的性情，不幸我是例外！」

這是獨屬我一人的烏鎮時光。與木心同行、任小雨濕衣的烏鎮三月。但如果你在國定假日或七八月溽暑光臨，小橋上人擠人肩擦肩，拍張照要等五分鐘，石板路上一團團大江南北五湖四海大嗓門相互呼喊……

那，千萬別怪我「忽悠」你啊。

哈達村的一天

晨起坐在「松贊」香格里拉環線上「塔城山居」大開窗前，面對遠方藏寺「達摩祖師洞」山頭，視線可及皆翠綠梯田，想到十來歲時翻爛《讀者文摘》裡的「消失的地平線——香格里拉」，兒時夢想似乎成真了，卻沒什戲劇性的興奮或激動，只有平靜與喜悅。

小村落正式地名很長：維西縣傈僳族自治區塔城鎮啟別村哈達組，人口只二百三十幾人，不到六十戶的小壩子。背靠白馬雪山與橫斷山脈，位於金沙江與瀾滄江中間的狹小河谷平原。壩子上有傈僳族、納西族、藏族，以及少數漢族。

納西族人居多，但「我們生活習慣基本上都藏化了，」一從旅館管家到村落耆老都說。宗教信仰藏化，飲食也習慣喝酥油茶與糌粑。這麼說吧，塔城鎮是納西族東巴文化與藏族文化的融合點，愈往香格里拉走，藏化愈顯。

正是春天，散步在平緩美麗的梯田間，學習辨認開花結果的蠶豆、金燦燦的油菜花、開始抽穗的大麥，綠葉勃勃的馬鈴薯……每一排梯田交錯種植不同的植物，是村民餐桌上的食物也是供給附近旅宿的食材。到了夏天雨水充沛，梯田改種稻米，待收成，家家都有餌塊機，做好的餌塊可切片、切絲，可烤可煮可炒，雲南人最愛的主食。

梯田中央，一株千年的銀杏樹姿態優美，被視為神樹，和附近的藏教小白塔一樣，天天有人上香供奉。在這個小村落，我們停下腳步，慢慢晃蕩一天。

一早，「松贊旅行」管家帶著一行十人開車十五分鐘到滇金絲猴保護區，尋找只剩三千隻不到的瀕危金絲猴蹤影。滇金絲猴有著漂亮雙眼皮、性感豐厚紅唇，毛茸茸雪白幼猴在樹上大啖松蘿的模樣可愛極了。主要棲息地在白馬雪山山脈三千至四千多公尺的雪線，不像熊貓能夠人工繁殖，滇金絲猴只能以保護區減緩消失的腳步。

上山後，我們在定點近距觀察幾個猴群家族，滇金絲實施一夫多妻制、一家子上上下下住一株大樹，公猴長至三四歲青春期就被趕出家族，成年後再瞄準中意母猴「幹架搶奪」，被年輕公猴打敗的老公猴以及三四歲未成年的少年公猴則組成單身漢俱樂部，棲息在同一株樹上。

看完可愛的金絲猴才十點半，下山途中偶遇山民趕著幾隻黑壓壓藏香豬在路上，同團大姊叨念著藏香豬肉質可香了，接駁車司機馬上說他可以代購，五花肉火腿各部位一斤若干價錢。

回到哈達村，繼續村落漫步，看看近幾年村民引進種植釀造的冰酒酒廠，戶外野餐，回旅館睡個午覺，下午再至村落拜訪納西族家庭。四代同堂的段老師一家幸福和樂，八十七歲老媽媽身上披著羊皮褂，「這衣服我媽媽自己做的，我們四代同堂了，」納西老媽媽說的話沒一句懂，但笑得純真可愛。喝完酥油茶，段老師示範動手做糌粑，兒子招待自釀冰酒。傍晚陽光正好，繼續在村子裡和梯田間晃蕩，努力消耗吃喝又吃喝的卡路里。

翌日晨間，哈達村氤霧籠罩，似有仙氣，旅人們在仙氣中出發，像無數村民一樣去山頭的「達摩祖師洞」參拜。

自海拔不到二千公尺的塔城鎮，十五公里蜿蜒直上三千公尺的達摩山上，有座鑿壁築出的達摩祖師寺，險峻中的金壁輝煌。相傳達摩祖師自印度東來，遊歷各地後選擇此處山洞面壁苦修，歷十年成佛，後成為藏傳佛教聖地。跟著藏族管家至此轉山，一行人在離寺五百公尺處下車，由左至右逆時針徒步轉山五公里。途中，高山杜鵑綻放，山徑寂寂、經幡處處，每當風吹過經幡，如同誦了一次經。待登寺遠眺，碧綠的金沙江在玉龍雪山、哈巴雪山和碧羅雪山之間，一路奔流蜿蜒。

哈達村，一個尚未離開就開始想念的地方。

孤寂之島、魔幻之旅

家人全神貫注看精采球賽之時，我經過電視機前瞥見亞洲帥哥身影，開口詢問：「這，是不是錦織圭？」「妳還記得啊？」家人太訝異了，他們眼中十足十運動白痴的我居然記得錦織圭！怎能忘記呢？二〇一二年全家在墨爾本時，特別去看了一場澳網公開賽，那一場錦織圭辛苦獲勝，成為首位闖進澳網八強的亞洲選手。由於對網球規則一竅不通，那天一邊看球一邊打瞌睡，但每次被觀眾激動叫聲吵醒時，一定加入家人大聲替錦織圭喝采的行列，畢竟現場亞洲人太少了，當然要和年輕的亞洲小帥哥站在同一邊。

從此，錦織圭成為印象最深刻的網球選手，並在腦海中自動形成詭異連結：「錦織圭＝塔斯馬尼亞」。因為，去墨爾本看球只是順路之舉，目的地是與之隔海相望的塔斯馬尼亞，目前為止，這輩子去過最荒涼遙遠之處。十八世紀的英國人將最凶惡的囚犯流放到南半球澳洲，澳洲人再將最怙惡難馴者送上船直達塔斯馬尼亞大牢，反正觸目所及皆大海，逃也逃不掉。

黃昏時刻，從墨爾本連人帶車一起登上「塔斯馬尼亞精神號」（Spirit of Tasmania），安頓下來，啟航時已然星空閃爍，在顛簸海象中入睡，清晨五點多抵達德文港。咦，塔斯馬尼亞明明是澳洲國境啊，「入關」檢查卻完全比照嚴格的入境程序，所有生鮮肉品食物一律不准入島，否則處以高價罰款。開車的人特別拿到一張島上交通說明傳單，提醒高速公路上可能會有野生動物經過，請駕駛人特別注意。「特別注意」的意思很多重，遠遠看見野生動物當然要減速避開，但若是袋鼠突然間一蹦一跳跑出來，高速剎車反而危險，此時，「駕駛人應該要做的不是驟然減速而是直接迎擊」。

天啊，真是讀了心跳加速的交通指南。塔島面積六萬八千多平方公里（接近台灣兩倍），人口五十二萬（比新北市板橋區還少）。除了少數城市如首府荷巴特，大部分時間在路上開車就像漫遊山林，車稀人少，行駛在公路上可能一兩小時都獨行天涯，喔，也不對，袋鼠隨時三五隻一蹦一跳穿越馬路。「看，前面有一隻被撞死的袋鼠！」第一次看見屍體時怵目驚心，第二次第三次只剩平常心了。好幾次車子停在停車場，車門一開就見到肥肥胖胖的袋鼠媽和袋鼠小孩在旁邊吃東西，牠們一點也不怕人，還知道在停車場可以向遊客要食物。

塔島百分之四十的面積被列為國家公園、自然保護區或世界自然遺產區，菲色涅半島（Freycinet N.P.）非去不可，畢竟是歐洲人移民塔島後第一個規劃的國家公園，其酒杯灣海灘號稱全球十大最美沙灘。怪只怪海岸線沿路太美，抵達時已五點，管理處人員準時下班了。那，就在國家公園的大門口上個廁所吧。

還沒走進，在女廁門口就聽到規律腳步聲「噠噠噠、噠噠噠」，鼓起勇氣進門，發現怪聲從某一間廁所傳出，廁所門從底部往上大約中空三十公分，清楚看見一雙穿著大球鞋的腳不斷繞圈圈繞圈圈，那一刻，全身起雞皮疙瘩，廁所不上了，衝出去跟家人說快走快走，裡面有個人可能精神狀態不穩定。停車場只停我們一部車，這人是哪冒出來的？外面就是廣袤無邊際的森林大地，任君跑跳，為什麼要把自己關進狹窄女廁間不斷踱步繞圈？

「怪客」來處後來有答案。停車場旁的樹林有一座破爛帳篷，之後漫遊島中更不時可見年輕人揹著厚重背包徒步健行。不能理解的是為什麼要把自己關起來踱步？

從菲色涅半島落荒而逃，次日直奔搖籃山（Cradle Mountain），屬於塔斯馬尼亞世界自然遺產區（Tasmanian Wilderness World Heritage Area）。路上，某個轉彎口瞥見一個路標「世界盡頭」（THE END OF THE WORLD）時，心想：「又一個！這世界哪這麼多盡頭！」不是我愛吐槽，紐西蘭皇后鎮《魔戒》的某處外景地，也有一個一模一樣的「世界盡頭」路標，我們見了很興奮，傻傻往前一口氣開了三十分鐘，就是一條寸草不生的筆直道路，一直開一直開，什・麼・都・沒・有！

遠遠眺望搖籃山，山形如同搖籃般兩頭聳高中間一段平緩，但開車上山一點也不像躺在搖籃般舒適，時不時就是大轉彎大爬坡大俯衝，甚至S型，終於抵達預定旅館時，鬆了一口氣，嗚，這個「世界盡頭」比紐西蘭的刺激多了。

鴿子湖（Dove Lake）是搖籃山最著名的高山湖泊，沿著環湖步道健行一周二個多小時，景觀不斷變換，忽而走在清澈湖水旁，忽而又踏入杳無人跡的山林小徑，又高又低，忽起忽落，有陽光處曬到流汗昏頭，行經林蔭深處又涼到發抖。沿途幾乎不見其他遊客，只有自家人疲憊的喘息與呼吸，打破魔境般的寂靜。

這是我的塔斯馬尼亞切片，記憶鮮明，魔幻不似真實。

年夜飯，在路上

晚上七點了，天空還是明晃晃，我們在荷巴特街頭徘徊，準備找家好一點的中餐廳吃年夜飯。好多年了，幾乎年年春節都在旅途上。這一年，我們選擇澳洲最大島塔斯馬尼亞過年。

荒涼遼闊，天蒼地茫，彷彿來到世界盡頭，在塔島上開車漫遊十來天，全家人的胃口和心靈皆滋生濃濃寂寞感。每天吃的不是漢堡薯條就是在簡陋旅館中以超市烤雞和泡麵果腹。除夕當天終於來到首府荷巴特，此城小巧精緻，歐洲味道濃郁，但我們無心觀光，首要任務是找一家好館子大吃一頓熱鑊氣的「中國菜」。

但，那是除夕啊，小城的中餐廳本就寥寥無幾，過年開門營業的更只剩兩家，進了碼頭旁裝潢雅致的川菜小館，看了半天英文菜單，選擇最不會出錯的宮保雞丁、麻婆豆腐、乾煸四季豆和螞蟻上樹四道家常菜。味道還真是不錯，也或許是我們特別想念白米飯，一頓年夜飯半小時掃光。結帳時一百二十澳元，當年匯率三十一．五，折合三千七百八十元新台幣！

或許是塔斯馬尼亞之旅太過孤寂，隔年決定破例參加旅行團去越南，心想華人多的地方過年應該也熱鬧。這個如意算盤沒打對，原來不只華人過農曆年，越南人也過。瘦瘦小小的越南導遊直言春節並不是到越南旅遊的好時機，許多公營的紀念館和博物館閉館休息。為了「補償」我們，他一路大上歷史課，從安南時期黎利政權如何和入侵的明朝大軍糾纏數十年獲勝，一直講到越戰他們如何以優越的叢林戰術讓美國大兵投降，「我們越南人打贏中國戰勝美國，打仗從來沒有輸過！」

一路洗腦下來，我開始相信越南人厲害又堅韌，值得台灣人好好學習。扯太遠了，回到年夜飯吧，旅行社安排了據說河內最好的台灣菜，他們應該沒騙人，隔壁桌就是台灣辦事處的留守人員聚餐。那一頓年夜飯面目模糊，沒有一道值得稱許，連紅燒蹄膀都又冷又硬。唯一記得的是同桌一對同團母子，我和那位太太邊吃邊聊，得知她選擇春節出國是因先生過世不久，怕留在家裡觸景傷情，說著說著眼眶都紅了。唉，和一大群陌生人圍爐也是淒涼意。這次經驗不大美妙，從此早早規劃，過年的旅行一定不參加團體遊。

還有什麼難忘的異國年夜飯嗎？怎可忘記紐西蘭露營車之旅。飛機在南島基督城降落，就在旁邊拿好網上預訂的露營車，沿路探訪一個又一個絕美的高山湖泊，夜晚停靠在露營區。每個營區皆配置公共大廚房、衛浴空間，附近通常有生鮮超市可採買食材，旅人們在大廚房輪流做好菜後，再自行選擇室內區或戶外區用餐。這真是奇妙的經驗，大廚房守著自己的電熱爐炒菜時，旁邊可能是正在煮罐頭通心粉、義大利麵的美國人，正慢煎牛小排的法國人，大家邊做菜邊閒聊。或許是農曆春節，一路上碰到不少來自中國浩浩蕩蕩的家族車隊，熱鬧又喧嘩。

那個除夕夜，我採買了當地盛產的高山鮭魚、牛排、大蝦，自覺豐盛無比善盡主婦職責了。吃著吃著，廚房先是傳出啵啵聲，有東西在鍋子裡碰撞，再來是尖叫：「跑出來了，跑出來了！」原來，有人把大龍蝦放進鍋裡鹽焗，大概太生猛或沒按緊鍋蓋，龍蝦衝出熱鍋逃生，掉落地上抖個不停。整完龍蝦，這家族繼續端出大螃蟹、象牙蚌各式鮮美海鮮，最後廣東話吆喝：「來喝西洋菜老火湯啊！」那一晚，不僅我們寶島四人組瞠目結舌流口水，相信法國人美國人瑞士人應該都印象深刻吧。

二〇一八年，外子決定春節假期揪家族一行十人回到闊別多年的緬甸。他離開仰光時十歲稚齡，五十幾年後白頭返鄉，感慨萬千。熱情的緬甸親人熬過軍政府獨裁統治，改革開放後生意經營相當成功。招待我們住仰光的五星酒店香格里拉，年夜飯自然席設於酒店夏宮，水準不遜於香港的粵菜餐廳。即使血緣關係隔了幾代，近二十位遠親頭一回見面，這頓年夜飯卻是多年來最難忘的。終究，吃什麼都不重要，年夜飯還是熱熱鬧鬧的好，有親人團聚最佳。

年夜飯流浪之旅，何時開始的？大概就從公公與母親相繼辭世之後，再也沒有非做年夜飯不可的壓力，初二回娘家再也吃不到媽媽做的菜，那，就乾脆旅行吧，起碼全家一年一度專心相聚。

平和又紛亂的國度，關於緬甸的二三事

一直想寫緬甸，一個旅行之前很多想像，旅行之後很多疑問的地方。

五十多年前，十歲的外子隨著父母和二位兄長以「難民」身分移居台灣。他回憶中的緬甸寧靜美麗，充滿花香與佛光。清晨出門上學，總會碰到手裡拿著白色茉莉花串的緬甸婦女，她們天天早上去附近佛寺參拜；更難忘熱天午後在佛寺裡，躺在冰涼石頭地板上，隨著誦經聲陷入遐想世界的童年經驗。

隨著緬甸軍政府逐步開放數十年的鎖國政策，二〇一八年在離開出生地半世紀後，外子決定安排一次家族觀光兼探親之旅，去仰光、曼德勒、茵萊湖和蒲甘走走，也到密支那探訪親戚。

第一天參觀大金塔前，仰光親友先帶我們去買拖鞋和繽紛布裙，同樣是一整塊布料，男生是綁結在腰部中間的 longyi；女生是把繫結藏在腰側的 tamane，人字拖更是緬甸必備，不只街頭閒晃相宜，正式場合也不失禮。誇張點說，人在緬甸，不是正在佛塔，就是在去拜佛的路上，佛塔通常占地廣大，等閒要走上數百公尺的磚廊、砂礫地，甚至泥濘地，人人平等，一律得打赤腳進入。從抵達起，全家就愛上緬甸裝扮，全棉材質的布裙涼快又舒適，如果不是台灣街頭沒人這樣穿，我強烈懷疑兒子要把此緬式時尚帶回台北。

佛教可說是緬甸國教，接近百分之八十五的人民是佛教徒，樂於生前布施奉獻，相信透過奉獻得以度今生修來世。仰光的大金塔，先以磚塊砌成塔身後，再貼上一片又一片一層又一層真金打成、如毛髮厚度的黃金箔片，幾百年來，據說某些地方已貼到好幾吋厚。至今，打金箔仍是手作，在金箔作坊看著十幾歲細瘦少年打著赤膊，一槌一槌重擊而下，每十五分鐘得以休息一次，一天所得僅幾美元。少年汗如雨下，肌肉鼓動，卻尚有餘力和隔壁大哥說笑聊天，不知怎地，想起多年前在埃及看到的地毯小童工，有著同樣乾淨的眼神和彷若無憂的笑容。

即使不是佛教徒，緬甸佛塔的參拜體驗仍震撼無比，特別在八世紀即建城的佛城蒲甘，幾千座大小佛塔遺跡散落大地，其莊嚴其美麗其荒圮，黃昏時漫步其中彷佛置身異時空，碰巧，沿面而來一隊剛「下班」的說笑僧侶提醒此身仍在現實。

緬甸之行有幾個時刻，心神觸動難以言說。

其一是外子和他大哥費了好大的勁，找到了幼時就讀的「挽華華語學校」，是一座天主教中小學校，看名字就可以了解那是一所滿滿承載了華僑心繫原鄉、文化傳承意涵的學校。英式紅磚校舍古典迴廊和小教堂已然破敗滄桑，他們在此接受中英緬三語教育，遷台時大哥十七歲，以僑生身分念完大學後即出國移民，甚少回台。看著白髮兩兄弟在校園各角落尋找曾經的童年足跡，我彷彿懂得一些大哥此生對「家」與「國」的複雜情懷。

二十世紀初的仰光，曾是英國百年殖民統治下的熠熠明珠，女性可以受教育，英文教育水準高，仰光大學的醫學院和理工學院也曾在東南亞首屈一指，這是外子父祖輩在一九二〇年代從廣東梅縣移民緬甸的原因。二戰後緬甸獨立，軍政府隨之掌權，一連串排華、幣制改革，逼得他們放棄經營數十年家業，一九六五年來到台灣。而台灣社會當時對東南亞華僑各種或顯或隱的歧視標籤，對性格好強的大哥來說，應該留下不少傷痕吧。

我們特地繞到仰光大學參觀，指著大禮堂，親友說，一九六〇年代為抗議軍方極權統治，仰光大學的大學生帶頭發動一連串示威遊行，軍政府開槍鎮壓，鮮血染紅我們腳下的溝渠，後來政府乾脆把仰光大學一拆為七，將所有師生分散到全國各省，要鬧也鬧不起大事來。

緬甸是佛國，但鮮血從未在這國度停止流淌。先不提羅興亞回教徒近年的苦難，緬甸共有一百多個少數民族，果敢族華人自治區和克欽邦少數民族至今仍然軍事武裝，和政府軍「天天」爆發衝突。「天天」？我懷疑自己聽錯了，果敢族導遊說，沒錯，離此（曼德勒市區）兩小時車程不到的郊區，天天都有零星大小武力衝突。身為果敢華人，他說最好十五歲就要離開緬北到仰光或曼德勒等大城討生活，否則很容易開始吸毒，是的，至今緬北山區仍然種植鴉片，販毒仍然是邊境大宗收入。

在緬甸，看到許多溫柔樂天的面孔：佛塔前賣花的婦女、沿街托缽的僧侶、路邊大樹下聊天喝茶閒散生活的男人……看到伊洛瓦底江的壯闊奔流，聽到許多華人家族去與留、興與衰的故事。本該是平和的佛教世界，偏偏紛亂動盪難以休止。

期盼，下次回來的時候，在佛塔的光輝背後，不再瞥見血光的陰影。

浪漫的巴黎，不浪漫的旅人

西班牙↓倫敦↓巴黎，近一個月的歐洲旅行，身體已經習慣了。每天走數小時長路，像土撥鼠一樣在倫敦陡峭的Tube，巴黎有臭味的Metro地鐵系統，熟練地鑽來鑽去。起點巴塞隆納還是秋老虎陽光普照，一件長袖襯衫都嫌熱。中點是倫敦，有時風雨有時晴，一件風衣剛剛好。來到終點巴黎，很美，很冷，很冬天，毛衣加毛大衣仍抵不住雙手冰冷，鼻水直流。

倫敦出發的歐洲之星餐車上，法籍帥氣服務生對我說，巴黎很浪漫，妳會喜歡的。上次到巴黎是多年前，什麼印象都淡了，只記得羅浮宮萬頭洶湧。好的，我點頭回應捲髮法國帥哥，一定要好好體驗法國式浪漫。第二天，結結實實在塞納河畔沿岸走了四個多小時，走累了，坐在聖母院前階梯上，一面吹寒風一面欣賞聖母院和河畔風情。結果，旅行中最不浪漫的事情發生了：重感冒上身，巴黎的浪漫我似乎消受不了。

為什麼巴黎特別浪漫？我們不會說倫敦浪漫、東京浪漫、台北浪漫，卻會覺得有著尿臭味地鐵、流浪漢乞討，小偷甚至搶匪很多的巴黎，就是比其他城市更浪漫？無所事事行走於塞納河畔時，我問自己：人在巴黎，妳真真切切的感受是什麼呢？真的很浪漫嗎？還是因為腦海裡早就裝了太多電影文學的畫面，很容易進入情境？

如果說，浪漫是一種氣氛，說不清摸不著，是一種甜蜜的曖昧朦朧的氛圍，那巴黎確實是浪漫的。穿著一身帥氣皮衣騎單車的年輕帥哥、公園裡不時擁吻的中年情侶，衣著整齊手牽手散步遛狗的老夫妻，數不清的咖啡店、獨立小書店和二手書攤……巴黎人自顧自過著尋常日子，卻營造出迷人的生活氛圍，然後，全世界觀光客蜂擁而來感受浪漫。

如果說，浪漫代表一種反叛精神、一種對知識與對文化活動的熱愛，巴黎絕對浪漫指數破表，「如果你夠幸運，在年輕時待過巴黎，那麼巴黎將永遠跟著你，因為巴黎是一席流動的饗宴。」海明威致友人這段話，我輩中年文青應該人人背得出來，甚至不少人拿著回憶錄照著海明威的生活軌跡走訪塞納河畔舊書攤、莎士比亞書店、盧森堡公園……試圖捕捉一九二〇年代許多窮作家、藝術家、記者、放逐者和流浪者群聚的巴黎氛圍。

但，為什麼我在巴黎如此冷靜呢？置身其中，偏偏就是入不了戲，老有一種說不出的彆扭感。一面散步，一面在心裡忍不住拿巴黎和倫敦對照，結果真心更喜歡倫敦。我喜歡倫敦幾乎全部免費的精采博物館、風格強烈的街頭表演和手作藝術市集、無所不在的街頭塗鴉，甚至英式小酒館對我也比巴黎咖啡館更具吸引力。

有天在倫敦街頭散步，抬頭一看差點嚇死，有人要跳樓？仔細再瞧，跳樓者是逼真到極點的現代雕塑作品。好奇一查，英國藝術家Antony Gormley自二〇〇七年起，在許多倫敦著名建築上設置了三十一座真人大小的玻璃纖維和鑄鐵塑造的雕塑。這項藝術創作其實警世意味十足，因為自殺是英國四十五歲以下成年男性最主要的死因。Gormley這批跳樓者雕塑後來也到紐約香港等摩天大樓林立的城市展示，當然嚇到不少人。你說，英國人是不是有一種古怪幽默感？

和一位巴黎居住多年的女友聊此感受，她嘲笑我根本不懂巴黎的浪漫精髓。「傻瓜，巴黎不是拿來分析的啊！是拿來用感官享受的，在巴黎，妳要敞開心，而不是動腦筋！」她說，夜晚在小酒館啜飲紅酒，和隔壁帥大叔從眼神交流到暢快聊天；一口咬下香甜馬卡龍、剛出爐的酥脆法國麵包；到舊書店嗅聞書頁散發的時光氣味；去咖啡店閒坐和時髦老太太一起罵政府……連皮膚毛細孔都要打開，才是享受巴黎的方式。身為巴黎人，她最愛這個城市的鬆弛感、自由感，巴黎人「沒有邊界」、「沒什麼不敢想不敢做」，「真正的浪漫在這裡。」

最後一天，背著舊舊的 Longchamp 包在瑪黑區晃蕩。在櫥窗外一邊欣賞一邊打哆嗦了幾分鐘，忍不住推開一家選品店的大門。是燈，是光，也是一片圖案設計成書牆的壁毯與屏風，令我佇足流連。與主人讚美幾句掛毯的書牆設計，問了下價錢，盤桓再三，還是走了。不是太貴，而是想像一下掛毯若在家中的模樣，太「巴黎」太貴氣，與樸素的小窩搭不起來。

不是每一樣美好的事物，都適合自己，都要設法扛回家。讓巴黎的，留在巴黎。

西湖買茶記

好友送我一個玻璃馬克杯，杯身橢圓、把手流暢細緻，加上雙層隔熱設計，身為杯控，簡直不能太歡喜，該拿這新歡做什麼呢？沖一杯香醇掛耳咖啡當是首選，可惜最近因胃疾暫戒，打開櫥櫃搜尋，咦，前年到杭州西湖畔買入的雨前龍井似乎還剩一些？取出底部僅剩的薄薄一層，當時的碧綠色澤已乾枯如稻草，香氣不再，還能入口嗎？

那是二〇一九年四月，清明甫過穀雨未至。參拜完西湖畔百年古剎永福寺後，坐園區電瓶車繞一圈下山，司機邊開邊導覽，指著路旁翠油油一片茶園說：「這是正宗西湖龍井，我們都是世世代代在地種茶人家，清明節前可忙了，家家戶戶忙採茶、炒茶。」說著說著，經過一小排路邊茶亭，指著正滿頭汗在鍋爐邊炒茶的老先生說：「他炒了四十年的茶了。」好奇心過剩，下車後就往回頭走，想看看西湖龍井是怎麼炒製出來的，反正在台灣也喜歡看製茶，不懂裝懂喝喝茶也很有趣，還曾到苗栗台東等地的茶園採過茶葉玩耍。

一入門，老闆娘殷勤招呼：「來喝杯茶吧，不買也沒關係的。」桌上擺著三個圓形餅乾鐵罐，裝著昨天剛炒製完成的雨前龍井，「清明節前的明前龍井賣得可快了，現在是雨前龍井，過了二十號以後天氣就熱了，茶葉就老了，春茶已經到尾巴了。」

不像台灣一般茶家喝茶的細膩功夫，大公杯小茶盞聞香杯一整套，老闆娘拿出三個玻璃杯，直接從鐵罐中各抓一小把茶葉，再拎著大保溫瓶往下沖，「等等，妳嚐下這三種茶葉的不同。」我說我完全不懂，「茶幹麼懂，好喝就行了。」

話雖如此，她熱心拿來據說早上剛採下的新鮮茶葉替我上課，一心二葉，最嫩的中間那一小葉摘下來做成的茶是「雀舌」，「我們叫寶寶茶，最清香。」嗯，我喝了一口，沒茶味啊，「這要到第二泡、第三泡更好喝，愈好的茶是愈淡的，」沒辦法，我真喝不懂，就覺得太淡了，淡到沒感覺。嫩心摘下後剩的「二葉」，炒製的茶叫「姑娘茶」，「嗯，這杯比較香，有茶味了，」說來說去，我只能說外行話。至於比較粗的一心二葉炒製的茶，「我們土話叫做媳婦茶，味道更濃。時間不同做成的茶葉也不同，穀雨後天氣熱，茶葉長得太快，比較老，就是婆婆茶了。」

以上真是太政治不正確太歧視女性的分類法了，但這樣一比喻，也確實容易記。

雖然不懂茶，但等待和欣賞一杯龍井的完成，真是享受。小巧扁平狀的茶葉，在水中芽心、芽葉緩緩舒展開來，如綠色精靈般上下舞動浮沉，茶色漸顯，此時輕輕搖晃玻璃杯助香氣釋出，好了，可以喝了，初入口淡極幾近無味，飲後，舌齒唇頰之間，一種說不出的清香縈繞許久，至淡至清至雅。

喝了人家三杯茶，總不能空手離開，於是買了二兩「姑娘茶」，兩百人民幣，「再拿點寶寶茶啊，真的是很好，營養價值最高……」無奈我堅持喝不懂，一兩一百六十人民幣，對外行人來說太浪費了。

繼續往前走，另一個茶亭，茶人也說是他親手炒製的，可是平均價格整整便宜了一半！他也不說什麼寶寶茶姑娘茶，就泡了三杯要我試，告訴我一兩四十五元的最划算，好喝又不貴，而且春茶沒灑農藥，過了穀雨天熱了，蟲多了，夏茶農藥用得多，別買。比起上個老闆娘的流利口才，他似乎更可信？好吧，再買二兩，拉低平均價格，就算上當也沒有虧太多。大腦的理性部分完全知道這樣的行為經濟學很好笑，但擋不住貪小便宜的非理性心態。

這，就是西湖龍井買茶記。有沒有上當呢？很難說，機率應該不小。到底是不是真正的西湖龍井，來自西湖邊綠油油美麗茶園呢？這，也很難說，可能是從鄰近蕭山地區收購而來加工的，畢竟湖畔的農家產量哪能應付這麼多觀光客。回到台北，這四兩龍井茶卻成為最愛，相較濃冽的凍頂烏龍，未經發酵直接炒製的龍井新茶，於我更適口適心。

不死心，不願放棄僅存的這一小把過期龍井，照著茶農當時說明：先熱杯，若是沸水必須靜置降溫至七十五至八十五度左右再沖泡，龍井嬌嫩，水太熱反而破壞營養泡出苦澀味。看著枯褐色的陳茶在美麗玻璃杯中浮沉，罷了，還是倒掉吧，就讓曾經的美好留存於記憶中，期待下一次的相遇。

雪梨有什麼好吃的？

「回到雪梨，你們最想吃什麼？」飛機上我問二個孩子，「Bánh mì！」他們毫無懸念回答，這是以前放學時常吃的法式越南三明治。做法很簡單，法式長棍（Baguette）對半剖開，先抹上越式豬肝（或肉）醬、美乃滋，再夾入豬肉片或雞肉片、越式火腿絲（或越式精肉團），加上小黃瓜絲、糖醋醃漬的紅蘿蔔絲、墨西哥辣椒，連莖香菜豪氣大把放入，最後灑上幾滴美極鮮味露（Maggi Sauce），大口咬下這個三明治，香、脆、酸、辣、甜，好吃極了。

這款三明治身世複雜，堪稱是法國皮越南骨的混血兒。十九世紀末法國人把法式長棍帶入殖民地越南，越南人為了成本考慮，在麵粉中加入便宜的在來米粉、外表仍舊酥脆內裡卻更鬆軟，再用豬肉豬肝熬成肉醬取代鵝（鴨）肝醬，加入越南人的酸辣口味餡料，不只在越南是受歡迎的庶民美食，早已「移民」到全世界。

再問，除了三明治，他們還想吃什麼？「飲茶！」又是異口同聲，女兒用一口標準的廣東話唸出：「唔該，蝦餃、燒賣、叉燒包、煎腸粉。」說來說去，會讓他們留口水想念的「雪梨」美食，不是牛排炸魚薯條，全是正宗道地移民美食：越南移民的法式三明治，香港移民的港式點心，韓國人開的烤肉店，泰國人的冬蔭湯底火鍋……如今回頭看旅居雪梨三年，最大的收穫是認識來自世界各地不同的朋友，嚐到各種文化身世背景不同的食物，胃口開了，心胸開了，眼界也開了。

當年住雪梨南方大鎮Hurstvill（好事圍），它和北方大鎮Chatswood（車士活）是大雪梨華人人口最多的二個區，好事圍以香港和中國移民為主，車士活除了香港人外，也有比較多的台灣人，韓國移民也不少。雪梨市中心（Downtown）極小，大雪梨區沿著幾條火車幹線輻射出一個個以火車站為中心的小鎮，許多小鎮自然演進成不同國度的移民聚落。

九七前後，大量香港人移民至澳洲，原本住了不少希臘裔移民的Hurstvill，逐漸被香港移民攻占，成為地名很吉利的「好事圍」。主街上好幾家廣式酒樓，華人超市銷售來自中港台的豐富食物雜貨，《明報》、《星島日報》天天空運，港劇錄影帶店推出盜版TVB劇集的速度堪稱同步，畢竟，那是網路尚未鋪天蓋地，打國際電話還要買電話卡的的二十一世紀初。由於親戚落腳好事圍多年，我們就在沒有心理準備下進入小香港生活圈。

當認識的香港朋友、上海朋友越來越多，一個美食新世界在眼前展開。Potluck Party是典型的聚會模式，幾個家庭各自帶拿手菜聚會。原來，香港人喜歡吃炒泡麵，把出前一丁泡軟，加入洋蔥、絞肉、韭黃和黑醬油同炒，香噴噴的，比我們台式炒米粉簡單多了。

原來，廣東人喜歡以來自廣東佛山的柱侯醬燒牛腩，不像我們用豆瓣醬。原來，全家老小每周末固定到茶樓飲茶是重要的家庭聚會，二三好友平日到茶樓相約聊八卦嘆人生也很相宜。慢慢地，我知道一起上課的A原來是香港教中文的中學老師，移民後碰上九七金融風暴，香港的小公寓成負資產（賣了還不夠繳還銀行貸款）；B因為想出國，相親嫁了在雪梨多年的同鄉，正在經歷磨合；白淨的C和先生是復旦畢業的高材生，一面念研究所一面打工，最辛苦的活兒是旅館整理，床墊再重也要學會快速鋪好床單，她懷念上海的黃泥螺、薺菜餛飩，好事圍的上海館子吃不到這些道地上海味，但糟滷的鳳爪雞雜還可以。

什麼是糟滷？上海人家家戶戶必備糟滷汁，用花雕紹興等黃酒加上老酒糟以及十數種香料，做成糟滷汁，醃漬肉類、毛豆、硬質蔬菜等百搭。透過我，他們嚐到蚵仔麵線、炒米粉，透過他們，我學會欣賞廣東菜上海味，以及飄洋過海放棄一切從頭來過的勇敢。

雪梨擁有全球最大的天然海港，以及彎彎曲曲，超過七十個的小海港和海灘，除了觀光客去的邦迪海灘，富人區常常住宅後面就是小碼頭，停泊自家遊艇；升斗小民也不用羨慕，許多郊區開車二十分鐘內即到達公共海灘，平民同樣天天衝浪享受無敵美景，沙灘都有市政府搭建的固定烤肉設備，隨時歡迎市民ＢＢＱ。

那天，幾個常玩在一起的家庭相約在海灘辦烤肉宴，為準備舉家回台的我們送行，台灣人用沙茶醬醃肉片，上海人香港人當然各有獨門祕方。我說，雪梨真的很棒，空氣新鮮美景無數，但好可惜啊，海鮮做得不好，高雅的海景餐廳只有海鮮冷盤或是大塊裹粉酥炸，不像台灣港邊一定有海產店，各式新鮮海產任選大火爆炒，請他們務必要來台灣品嚐。我的鄉愁是九層塔辣椒大火爆炒三點蟹，雪梨再好，終究少了這味。

碰運氣的馬祖美食

「這是什麼東西啊？有點可怕，我應該不行，」看著眼前這盤又綠又黑的炒貝類，旅伴嚇到了。點菜的時候，她大概誤會我叫的是「炒佛手瓜」，沒想到端來的東西實在太醜了，前端是五根合併在一起的綠色指頭，雖然名叫「佛手」，形狀更像是怪獸酷斯拉的腳趾頭。只怪自己貪吃，之前聽說佛手是馬祖特產，因為對水質要求太高，無法養殖，只能生長在潮間帶的岩石峭壁之間。韓國實境節目《一日三餐》中，就看過車勝元拿根細鐵棒慢慢在岩縫裡撬佛手螺，採集特難，味道特鮮美。

問題是，怎麼吃？不像其他貝類煮熟了自然迸開，佛手上桌時仍維持緊閉狀，試了一兩個剝不開，我們詢問應該是當地導遊的併桌大哥，「很簡單啊，就像嗑瓜子一樣，從中間咬開。」「拜託吃一個示範吧！」大哥手勢嫻熟，「嗑」一聲後拿出佛手，從破洞掰開殼，接著用吸吮的方式將螺肉和湯汁吮入口中。努力克服將趾頭放入嘴巴的心理障礙，咦，的確很鮮，有海水的味道，但為什麼吃了三四個以後舌頭發麻？最後，這盤價昂的佛手剩大半，對馬祖人來說，真是太浪費了。

小餐館在南竿島津沙村的津沙小館。清早走完鐵板村地質公園後，我們決定繼續散步至海灣另一頭的津沙村，四月春天的馬祖真正適合走路，或者說整個馬祖列島都是健行愛好者的天堂，高高低低上坡下坡，忽焉在海邊忽焉已至山頭，極目眺望，大半時間霧氣茫茫，分不清遠方是海是雲或是霧，耳畔不斷傳來轟隆隆砲聲，別害怕，是駐軍在演練。走著走著，一陣風吹過，太陽露出頭來，霧飄走了，遠方的小島、漁船、軍艇也從恍恍惚惚的輪廓變成鮮明的存在。走著走著，肚子當然餓了，既然叫不到計程車到原訂的名店「依嬤的店」，就在津沙小館吃午餐吧。

乾煎黃魚一夜干上桌時，我們正處於被佛手暴擊的驚魂甫定，一入口，「怎麼這麼好吃啊？」我和旅伴對看一眼，香酥脆，魚肉既有彈性也保持黃魚該有的細緻，比新鮮的更好吃，似乎馬祖的陽光將美味鎖住和濃縮在一夜干裡了。旅伴出自上海家庭，小時候家裡常吃煎黃魚，但不知何時開始，黃魚逐漸消失在餐桌上，近年養殖黃魚十分價廉，但真的有差，沒想到能在馬祖重溫她童年記憶的美味。

在馬祖吃飯真是有趣的經驗。第一天晚上不知死活，先去八八坑道搖櫓看藍眼淚，結束時不到七點，工作人員提醒大家要趕快覓食，因為馬祖餐廳七八點就結束營業了。哪呢？晚上七點會吃不到晚餐？還真的是，沿著鐵板村最「熱鬧」

的一條街從頭走到尾，所有餐飲店都打烊了，只剩雜貨店還有燈光，那晚只能吃泡麵。

到了北竿民宿，行李一放下馬上打電話預訂芹壁村最有名的「芹壁食屋」，民宿主人大推，但表示客滿是常態，臨時訂餐要碰運氣。「妳們兩個人啊，等一下十分鐘後再打過來確認，如果我們決定接剛剛一桌十二個人訂位的話，就順便做妳們的，」老闆娘說。有點意思的餐廳，有個性。後來才知，老闆王新蓮是北竿鄉首位女村長，也是芹壁村聚落保存的重要推手。

在芹壁村看傳統建築最大的樂趣是看屋頂，芹壁村的民居聚落修復聽說是找對岸老師傅幫忙的。屋瓦有紅瓦灰瓦，傳統做法並不封死，可以呼吸透氣修繕也容易，但不封死又不能讓瓦片飛走，上面就要壓石頭。富裕人家瓦片齊整，上面的印章石也是切割方正，普通人家就是大小形狀不規則的石頭，只要排列整齊一樣美麗。

一面和旅伴討論芹壁的印章建築，不知不覺把桌上美食一掃而空。

「吃完我的菜，盤底是沒有油的，」老闆娘忙完後很自豪地和我們閒聊，馬祖家家戶戶都會自釀糯米老酒，做酒剩下的紅糟是寶貝，搭配肉類料理最佳，這晚的炸紅糟鰻與紅糟雞雙拼，鰻魚的香甜略勝雞肉的紮實。老酒當然也要入菜，用老酒、枸杞子和薑絲簡單蒸煮的紅蝦十分清甜。但這一餐最愛的料理是「野生海苔煎」，乍看之下黑墨墨的一塊餅，仔細分辨應該放了一點蝦皮和香蔥，入口兼具軟韌滑，有獨特的藻類香氣，「妳們吃過海苔醬吧，這是我們馬祖特有的野生海苔，現在數量愈來愈少，愈來愈難採了。」這種野生海苔叫「油垢」，比紫菜更珍貴，季節對了，傳統市場偶見。吃在馬祖，似乎每一口都是老天爺一期一會的賞賜。

「『看到藍眼淚，去到機場流眼淚』我們馬祖可不是說來就來說走就可以走的地方。」計程車司機這兩句調侃馬祖在霧季時機場關場的日常，好笑又寫實。四天三夜的馬祖行，去程航班被取消，超幸運候補到中午班機；原訂回程航班也一樣消失於茫茫大霧中，只好改訂「台馬之星」慢慢駛回基隆港。

如果想暫時離開這個世界一會兒，不必遠行至澳洲的塔斯馬尼亞，馬祖更好，特別是只有一百五十人常住人口的東莒島，燈塔、世界級峭壁海岸線，美麗神祕的貓群，東莒已列入「當我想和世界保持距離」的首選名單。

日內瓦湖畔

克羅埃西亞杜布羅夫尼克城（Dubrovnik）

馬來西亞檳城

土耳其街景

西班牙街景

西班牙阿爾罕布拉宮

威尼斯街景

紐西蘭隨想

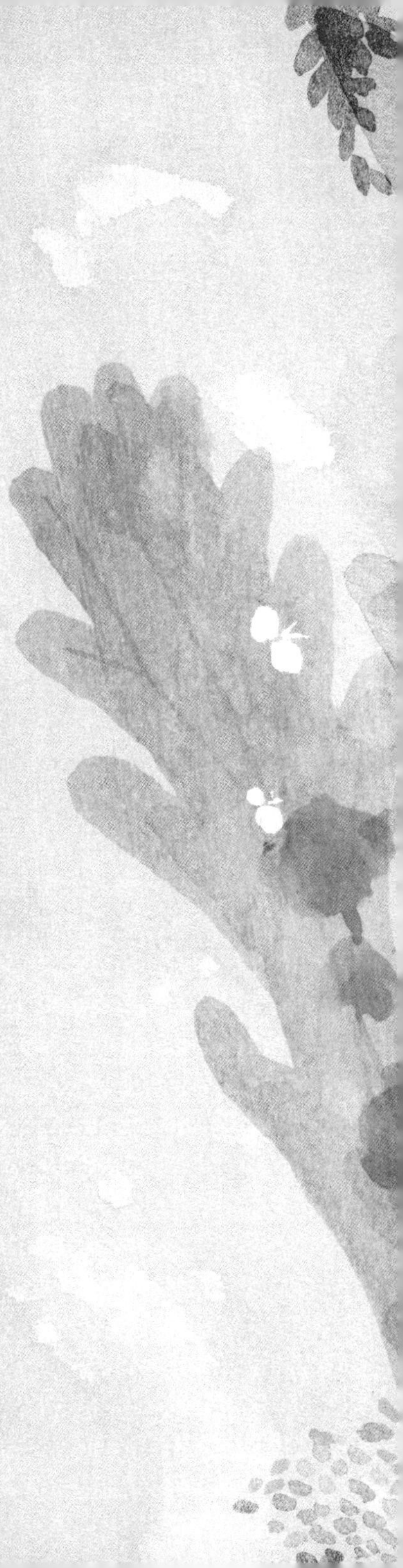

輯三◉喔！煙火中年

中年體悟

關於中年的這樣那樣卡卡

五十後，有「卡卡」感覺的不僅是膝關節，還有許多不上不下的憋悶心情。

朋友說了一個小故事：有天坐公車，讓座給一位「老婦人」，對方不但不領情，還瞪她：「我還沒有妳老吧？」隔天，她看到「老者」再也不敢讓坐，結果頭髮花白的「老先生」罵她：「總有一天妳也會老！」

我也有過類似經驗，某次和友人一起爬山徑，碰到分叉路口，猶豫著該向左或向右，於是向同在涼亭休息的中年男子請教，由於對方頭髮半白稀疏，我們十分客氣：「這位大哥……」雙方禮貌對談結束後，該男子追加一句：「兩位大姊，其實我應該比妳們年輕吧。」哪呢？難道雙方要把身分證拿出來比較誰年長誰年幼？當下，十分機智回應：「大哥只是尊稱嘛，沒看到現在滿街都叫帥哥美女？」

為什麼這些五十或是六十出頭的男男女女，這樣敏感、火氣大？就算被「看起來比自己老」的人誤認為大幾歲，這麼值得動怒嗎？關於年紀與外表，許多中年大人們有一顆敏感又脆弱的玻璃心。

下山之後，我決定立刻去染整頭髮，原本想著，每個月白髮最少長出一公分，一直染髮有傷髮質，乾脆戴帽子或髮片遮住，盡量半年再染一次，經此刺激，決定乖乖每月向髮廊報到染髮兼修整。五十幾歲真是最討厭的年紀，不上不下，萬般為難。如果超過六十歲，我就把頭髮剪得短短的，管它灰髮白髮再也不染整，像金美齡一樣，又美又帥。

抱著田野調查的心情，刻意和我輩同儕請教是否出現類似「不上不下」的懋悶，發現還真不少，最常見的困擾是減重、健身和微整形。例如，該接受新陳代謝變慢自然發胖，還是努力減重健身，拼死對抗地心引力？當周圍幾乎人人都去健身房揮汗鍛鍊，並且如傳教士般灌輸健身的各種好處，會不會覺得自己很落伍很孤單？當親密好友固定每三個月打玻尿酸或肉毒桿菌，看起來就是比妳年輕好幾歲時，會不會很掙扎，覺得自己每晚認真塗晚霜眼霜未免太傻？當很多人靠著生酮飲食法或是「一六八間歇性斷食」成功減重，甩掉五十歲的脂肪回到三十歲的體態，仍然堅持一日三餐白飯麵包不忌口，完全不擔心新陳代謝隨年齡變慢的中年人又有幾稀？

置身這個已不算年輕、但又絕對稱不上老的人生尷尬階段，真是各種心累各種糾結。

一位男性友人偷偷抱怨，快被強烈要求他一起上重訓課的太太逼瘋了，「我真的煩死了，老婆一天到晚傳給我看重訓好處的文章，以及某某幾歲了開始重訓，七十五歲還可以舉起五十公斤單槓的『勵志』故事。好吧，就算年紀大了肌肉會流失，骨質疏鬆容易跌倒，但我就是不想進健身房，我就是喜歡快走和打太極，誰也別煩我。」太太埋怨他老頑固不能接受新觀念，他卻覺得太太被洗腦，整個著迷健身、健身房愈開愈多的社會太瘋狂了。

會不會這個社會，包括我們自己，對於中年、對於五十幾歲應該要具備的想像與要求，已經太過嚴苛太過單一標準？如今的五十，應該要比我們的上一代更有活力、更有智慧，要繼續打扮、更要繼續學習，因為我們既有資源也有知識，沒道理不把身心靈打點得更好。會不會因為擋不住這些有形無形社會壓力，不少哀樂中年感覺快被逼死了，對於年紀與外表特別敏感，一旦被「看起來比自己老」的人稱呼大哥大姊並讓座，馬上抓狂？

聽過許多這樣那樣的「卡卡」憋悶心情後，想說一句，希望大家（媒體、社會和自己）都放鬆一點吧，讓不想運動不想健身不想染髮不想微整型不想減重的朋友們，自自在在度過自己的中年以上、老年未滿，人人都有微笑敬歲月、敬皺紋、敬白髮、敬體重的權利。

我想念我自己，然後呢？

別誤會，我沒得失智症，至少目前沒有，但每一天早上，臉書頁面跳出提醒的「今日動態回顧」，往往讓我日復一日愈發想念自己，想念曾經的自己。

那天跳出一張照片，一整盤嬌豔欲滴的鮮紅小辣椒，漂亮極了。陽台入眼皆翠綠，鼠尾草、薄荷、九層塔、辣椒，甚至香椿都種了兩株。想喝薄荷冰茶時、想做香椿拌豆腐或九層塔烘蛋時，順手到陽台一摘，方便又稱心。幾株九重葛攀出欄杆豔色四季，二十餘盆香草熱鬧參差，僅僅四坪大小的空間有情又有趣。如今呢？入眼光禿禿只剩曬衣架，嘆口氣，我問自己為什麼放任層層翠綠變荒蕪呢？

彷彿是一次長達半個月的旅行後，香草枯萎了好幾盆，從此一洩千里。

好想念那個即使沒有綠手指，自得其樂，一把盆栽養死立刻就補上新綠的自己。

再一天，跳出燦爛秋陽下，拿著咖啡杯在紐約曼哈頓街頭微笑的自己。啊，好瘦好年輕，一晃眼，十幾年過去了。那時工作再忙，規劃自助旅行的心念好強大，先在紐約SOHO區訂了旅館，搭地鐵把曼哈頓上下逛一遍後，再租車去波士頓、康州訪友。我問自己，離上一次認真規劃自助旅行多久了？為什麼曾經把厚厚《Lonely Planet》旅遊書翻來覆去，對訂路線、找旅館、研究景點和餐廳樂此不疲的我，近年卻漸漸喪失探索陌生領域的熱情？

好想念那個好奇心滿懷，在紐約逛個廚具店都能一待三小時、什麼都想打包回台灣的自己。

五十歲以後，不確定從哪時刻開始，對外在世界熱情愈來愈低，讀到各種「斷捨離」文章，都覺得太有道理，定期丟東西、整理物品捐贈外，基本上從源頭處開始，不大購物了。百貨公司周年慶早早物我兩相忘，化妝品和保養品一律在搭飛機時隨便買買，衣服反正穿來穿去就是那幾套，何必添購新的？既然大半時間宅在家裡，幹麼勤於染髮燙髮呢？也不用因為愛美努力保持體重了，人到中年，圓潤一些不是很自然嗎？至於工作，既已盡其在我，得失不再強求。日本人用「青春、朱夏、白秋、玄冬」形容人生四季，「青、朱、玄」都是濃重之色，只有「白秋」清清淡淡，身處中年，就放鬆一點，放過自己吧。

日子愈過愈佛系，明顯的好處是慾望降低，很少有「缺乏、不足」之感。以前每月上博客來購書數千元，如今卻最想重讀書架上的舊書經典，《紅樓夢》百讀不厭，汪曾祺、張愛玲永遠雋永；外面的美食愈來愈覺油膩，不如自家簡單的燙煮烤；熱門的電影要排隊，再把之前收集的ＤＶＤ拿出來吧，ＤＶＤ機可能快要變歷史了，看一次少一次。

「妳好像變了？」有一天，某好友提出觀察，她委婉問我，怎麼好久不再主動吆喝聚會，這還是朋友圈中曾經的「康樂股長」嗎？為什麼對熱門的話題不再關心，和外在世界距離有點遙遠？對啊，她的提醒讓我猛然心驚，這樣「溫水煮青蛙」似的變化，是正常的嗎？如今懶洋洋、不再奮發向上的身心狀態，會不會是憂鬱傾向的前兆？這該死的臉書，天天跳出「今日動態回顧」，之前覺得有趣極了，如今一做今昔對比，就忍不住懷念過去熱情十足的自己。

愈想愈擔心。該不該去找精神科醫生或心理治療師聊一聊？

前幾日，昔時主管邀約聚餐，她禪修多年，頗為喜樂自在，忍不住道出近日憂慮，望她解惑。這位姊姊大笑，說她幾句話就可以回覆我的大哉問：「與其想念過去的自己，何妨專心享受當下。」「妳失去一些東西，一定會進來新的。恭喜妳，又要邁入人生新的階段。」

每一刻，都是此生唯一。當我對外在世界的熱情消退，也許正是內在自我探索之旅的開始。我決定，真心接納此時此刻的自己，步入中年的自己，懶散許多、安靜許多，卻也對人對己寬容許多的自己。明天開始，不再看臉書的動態回顧。

你用同學會來衡量人生嗎？別傻了。

聽說，人生有兩個參加同學會的高峰期，一個是剛畢業幾年，捨不得離開校園時代的純粹情感，也都還在社會新鮮人奮鬥期，共同話題多。另一高峰則在五十歲後，彼此心裡有數，見一次少一次，加上年紀帶來懷舊情懷，和老同學相聚一堂的意願大增。

不知不覺，也走到了後一個同學會的高峰期。

你總是興高采烈歡喜參加同學會嗎？或者，每一次都掙扎，要克服內心很多圈圈叉叉？還是根本打死也不肯出席，頂多和三五個真正好友的同學私下聚會？我自己屬於「能參加就參加」一族，每每見面時，聽到大家互相說出很真心的假話：「ㄟ，某某某你都沒變啊！」總笑得開懷。

《人到中年，更是理直氣壯》是編輯生涯中很喜歡的一本選書。日本女作家酒井順子爽快寫出自己的「中年少女心」，有篇講到同學會前後的內心戲，特別深刻。她說，中年參加同學會，可真是一件大工程，來得及的話，一定要努力減減肥，打打肉毒桿菌和玻尿酸，但如果妳也有此計畫，別忘記計算最佳效果期，頂著剛打完的僵硬臉出現就太失算了。髮型和衣著的慎重就更別提。這麼大費周章為什麼？當然是想在前暗戀對象（或被暗戀對象）面前，當個容光煥發的美魔女，而不是大喇喇歐巴桑一枚。

酒井順子有個發現特別安慰我這類年輕時和「美女」二字絕緣的「中間值」女

性。她說，很奇怪，念書時超漂亮、公認的美人兒雖然還是挺美，卻有種說不出的勉強感，可能要維持美麗真是太累人了。反而有些之前彷彿平庸的同學，愈老氣質愈好，愈看愈有光彩，歲月彷彿是大美女的敵人，相對平凡者的好友。哈哈哈，看到這一段，忍不住在編輯檯大笑，恨不得在書稿上畫線做筆記，提醒讀者千萬別錯過。

酒井順子這篇妙文，倒真的啟發我思考，為什麼有人完全拒絕參加同學會呢？歸納綜合身邊友人經驗，發現事業表現太好太一帆風順者，不見得喜歡參加同學會。有人是國內外飛來飛去真的太忙，有人則太過小心，怕被當成恭賀調侃的目標，很不自在，但也有人是一份體貼，怕自己被當成其他人的「參考值」。其實呢，真的不必想太多，我相信大多數人會以擁有出名又成功的同學為榮，如果又出名又成功又喜歡大方請客買單，就更好啦。

當然，也有人實在心裡圈圈叉叉太多。例如，覺得怎麼減肥也減不了，微整型也救不了皺紋，或者事業財務狀況困窘，害怕參加同學會只會給自己找不痛快。我也有過類似心情，第一次到日本泡裸湯時，多麼害怕害羞啊，覺得自己可能是、應該是全場身材最抱歉的。好吧，勇敢跨出第一步，發現誰會看妳呢？再假裝自然地環視一圈環肥燕瘦，大家實在都差不多，真沒有誰有條件嘲笑別人。走到中年，誰沒有跌倒過？誰沒有過傷痕累累，差別只在說與不說罷了。

比較極端的拒絕戶，常發生在和同學曾有愛恨情仇難以忘懷化解，做不到相逢一笑泯恩仇，還是相忘於江湖吧。這類同學，我絕對不會白目去勸他們參加，各人有各人過不去的坎，也許五十歲過不去，六十歲過不去，七十歲就突然一切雲淡風輕。說來說去，扣掉以上的ＡＢＣ，剩下的同學也好像也沒多少？我們這種日子過得不好不壞，相信平安就是福的「中庸份子」，能出席就盡量吧。

喔，關於同學會，除了酒井順子，就讓我再提一本好書，克里斯汀生的《你要如何衡量你的人生》。這書一開頭，作者就從他參加哈佛商學院每五年一次的同學會說起。第一次的五年重聚，天之驕子的同學們各個意氣風發出席，畢竟是哈佛商學院畢業生，高薪厚祿自不待言，後來呢？唉，十年後、二十年後，他卻發現搞砸自己人生、過得不快樂的同學們還真不少，有人離婚數次、親子關係疏離，有人事業高低起伏，甚至於犯罪坐牢不只一個，有名的安隆案主犯之一，就是克里斯汀生當年又聰明又正直的同班同學。

何以至此？成為他寫作此書的動機，他想為年輕人寫一本書，用其最擅長的商學院案例教學佐以深刻的人生洞察，提醒年輕人衡量人生的正確標竿何在。身為此書編輯，我當然努力推薦給年輕讀者，包括自己家小孩。但此刻一面執筆此文，一面想著，應該阿Q一下來「歪讀」：連哈佛商學院的畢業生，都會在同學會上坦承不幸福，把人生搞得烏煙瘴氣，啟發克里斯汀生寫出一本暢銷書，我們當然應該多參加同學會，多聽聽不同的人生故事，很可能帶來人生新靈感或是寫出新暢銷書呢。

不開玩笑了。讓我們好好活著，認真過日子，就值得開同學會為彼此慶祝。

中年女子越旅行越聰敏

在札幌菜市場老店吃完海膽飯早餐，我拖著行李搭上機場線快速列車，預計一小時內抵達新千歲機場。記不得這是第幾次獨自一人的日本小旅行了，雖然連五十音也看不懂，卻從來沒有害怕過。忽然，列車在一小站停留超過十分鐘，猜想應該有意外狀況，列車長廣播卻只講日文，忍不住開口用英文問隔壁上班族男士，他結結巴巴後直接求助手機翻譯軟體。糟糕，不是這班列車而是整條路線系統出問題，將會安排以巴士接駁乘客到機場。問題是，當天回台北的飛機無論如何只能錯過了。

這樣的意外不算大事，或者說，比起之前在京都迷路二小時大一點，但比在東京夜半發燒送急診小一點。只要離開家，上了飛機，就是不確定的開始，就有面對大大小小危險的可能，就有機會與或軟弱或強悍或靈活或固執的自己直面相遇。

那晚，在新千歲機場簡陋而有一股冰冷臭味的過境旅館，我在筆記本上潦草寫下此次旅行的點滴：小樽毫無目的閒晃兩天，參觀各種（我覺得有點醜）哨子店，享用美味的海膽魚卵丼飯。前三天，沒有開口說過一句話。去到美瑛的緩慢民宿，遇見一群可愛的台灣工作人員，在美瑛超市採購碩大肥美的大蔥、馬鈴薯，夜深人靜之時，自告奮勇進廚房大火快炒幾道家常菜給台灣來的朋友當消夜。從美瑛搭巴士到青池、到富良野喝咖啡，腳踏車半牽半騎車喘著氣上了美瑛最高點……

說來奇怪，記性極差的我，始終對這次的北海道之旅無法忘懷。閉上眼睛，彷彿又見到神祕藍的青池之水、如波浪閃耀的彩色之田、一堆堆豐碩的馬鈴薯和南瓜山，以及白日微風和夜晚星空。我，一個人，孤獨，卻無一刻感到寂寞與不安。是那次的北海道之旅，讓我終於了解，旅行的意義何在。原來，我如此渴求這樣的有安全感的孤獨。

在日本，像我這樣一個中年女子，很能輕易融入背景之中，不必擔心安全。不會說日語是最好的理由，得以在靜默中行走，在靜默中打開五官，在靜默中思考或不思考，在靜默中讓靈魂得到休息。不看電視、不讀報紙，置身一個陌生語言的安全國度，與外界的聯繫減到最低。在工作最繁忙、壓力最巨大的那幾年，每年一兩次的一個人小旅行，是救命的必然。

一個人旅行久了，發現旅行會讓人變聰明。

是真的，在旅行時，五感全部打開，去找路去迷路，去決定做什麼不做什麼，吃什麼不吃什麼，近乎求生本能地去體驗各種陌生與新鮮，觀察思考異地異文化。一趟旅程下來，嘿，我總覺得自己的眼睛心智甚至手與腳都更敏銳更機靈。

一次，住進東京杉並區民宿，散步時著迷於巷弄風景，發現繞啊繞的怎樣也繞不出大馬路，後來發現很多電線桿上標有「町名」和「街區符号」，靠著電線桿指路前進，容易多了。咦，為什麼東京有這麼多這麼密的電線桿呢？

好奇心大起，一查，相較其他國際級大都市如倫敦巴黎的「無電線桿化」，日本全國現在還有三千多萬根電線桿，比起台灣更密密麻麻。新海城的動畫電影中，好多好多火車、鐵軌以及電線桿，甚至很多日本人覺得要有電線桿林立、如蜘蛛網般的天空電網才是日本特色。

迷路讓我開始研究東京電線桿，多美好的意外。

旅行雖令人耳更聰目更明，更多時候卻是認知到自身不足。到日光東照宮，慚愧對德川家康所知甚微對江戶時代歷史認識如此薄弱。到羅浮宮到大英博物館，幾小時逛下來讚嘆之餘，也心知肚明自己無非是觀光客文化美容，博物館紀念品專賣店更吸引我流連。旅行前旅行後，常常被感動地「立大志」，要加強這方面那方面知識素養，相關書籍買了一堆，放著沒看完居多。在西班牙大大驚豔於下酒菜，特地買了Tapas食譜回家，從行李箱解放之後，再也沒翻閱一次。

旅行時，我們變成另一個人。更警覺更有好奇心更用心觀察吸收。因為怕迷路，我們努力用眼睛記住轉角這大樓的形狀，這噴水池的模樣。我們打開耳朵，去聽像唱歌般的地鐵站名。我們用鼻子嗅聞不含醬油味的油封鴨，甜香的馬卡龍。我們聳起肩膀抬頭挺胸，想用肢體語言警告流浪漢或可能扒手：嘿，離遠一點，我可不是好惹的！

我對這個旅行時更年輕聰敏的自己，著迷。

更年期別和醫生談戀愛？

少女時代有一本心愛的小說《蒂蒂日記》，作者是華嚴，如果你也知道這本書，喔，應該也是四年級或五年級之我輩中人。總之，這是一本用言情故事包裝，內裡蘊藏很多作者智慧的好書，其中有句雋語印象特別深刻，「女人哪，一生有二個關口，讀書的時候容易愛上老師；更年期的時候容易愛上醫生。」

青春少艾時荷爾蒙爆棚，愛上老師，或自以為愛上老師，很容易理解。但更年期時雌激素大幅減低，而且人生走到哀樂中年，精明又世故，怎麼會容易愛上醫生？當年讀小說時納悶不得其解。近年，親身走入更年期的人生調整階段，忽忽想起這段話，豁然貫通，忍不住會心。

為什麼作者華嚴認為中年婦女容易愛上醫生呢？此刻的理解是，更年期帶給許多女性諸多不大不小、難以言說卻真實存在的身心困擾，這時，一位好醫生能夠提供「安全感」，以及更重要的「被理解感」，容易讓人產生依賴，進而產生粉紅色泡泡。寫作《蒂蒂日記》之時，華嚴本人正處於更年期，這段雋語想必來自她的切身觀察。

先來說說自己的體會吧。許多更年期女性面臨身體變化，確實很沒安全感。前幾年進入五十關卡後，一向除了感冒很少掛病號的我，陸續出現狀況，一次在東京旅行時，忽然半夜頻尿，發燒，心知不妙迅速掛急診，快速檢驗的結果是腎臟急性發炎，幸好及時吃了抗生素很快緩解症狀。回台後不到一個月，與家族成員赴緬甸旅行，第三天左肩後背一陣刺痛感燒灼感，劇痛到半夜睡不著，撐到回台灣時看復健科醫生，以為自己筋骨出了問題，老經驗的醫生馬上說：「我強烈懷疑是帶狀皰疹，快去看皮膚科醫生！」

賓果！果然中了！因為太晚確診，服用特效藥的時間太晚，效果有限。之後足足治療了三個月，甚至二年過後體內病毒含量仍比正常高，偶爾發作神經痛。

總之，這些不大不小的狀況讓人心煩，當「好朋友」總算開始不規律拜訪，去和婦科許醫生討論如何應對時，忍不住向他抱怨：「為什麼有這些那些問題呢？以前都不會啊，搞得我現在出國旅行都很緊張，要帶一堆藥品。」他溫和安慰，「更年期就是這樣，比較麻煩一點，會有這個那個問題出現。」他解釋，更年期症候群除了常見的熱潮紅、盜汗、暈眩、胸悶、心悸、乾澀等，也有很多人會頻尿、尿失禁、腰痠背痛、失眠、關節痛及骨質流失等，可以吃一點荷爾蒙改善，但如果不想吃也沒有關係，心情放輕鬆點，「都是小問題，不要太擔心。」

瞧！多麼讓人信賴，連吃不吃荷爾蒙都讓患者自己分析判斷。我繼續抱怨，為什麼「好朋友」還三不五時造訪，我的朋友全部都「畢業」了，這讓人很困擾。甚至還有某個其他科的醫生警告：「妳這樣不正常喔，人家五十歲都差不多結束了，要小心是不是有壞東西。」許醫生又安慰：「的確，一般人大約在四十八歲前後三年結束、但現在愈來愈多女性五十五歲左右才停經，妳應該要高興自己還很『年輕』，別煩惱其他問題，半年來做一次超音波檢查就好了，但我看妳應該是沒問題的。」

和他道再見時，原先又沮喪又擔憂的心情，馬上滿血復活，而他頭髮半禿、身材微胖的平凡阿伯形象，立刻被加上閃亮光環，真是太帥氣太能給人安全感的醫生了。

更年期是每一位女性都逃避不了的關口，就算外表可以微整拉皮，永遠維持四十歲外貌，內在身體生態系統的調整腳步卻絕不會暫停，隨著雌激素濃度降低，新陳代謝變慢，甚至也會改變脂肪分布，體重逐年上升。身體的問題已夠惱人了，偏偏這年紀也正是空巢期、父母衰老期，難怪很多女性焦慮煩躁、失眠憂鬱、易怒不安等。這條必經之路非身歷其境者不容易體會，親密家人如配偶子女，也未必能充分理解。

衷心建議，找個好醫生是第一要務，「愛上醫生」當然是玩笑話，一位能顧及妳身心狀況、安撫焦慮的好醫生真的太重要了。另外，好幾位朋友的親身體驗是，多運動多流汗幫助很大，排出汗水排出雜質的同時，身體疲累自然睡得好，形成良性循環。祝福妳我，平穩踏過更年障礙期。

中年愛吃苦

都說愛吃甜是本能，愛吃苦卻要靠學習。人至中年，愈來愈愛自找苦吃，頗能印證此說法。

逛超級市場時，只要看到芝麻菜（Garden rocket），立刻伸手放入購物車。放點橄欖油、醋，灑點鹽和胡椒，一人可以吃掉一大盤，初入口微微苦澀有點嗆辣，卻愈嚼愈有甘味。另一種也很喜歡的生菜是菊苣（Cichorium intybus），又稱苦苣、苦菜，比芝麻菜更苦，卻有另一種奇異香氣。

另一款很愛的苦味蔬菜是抱子甘藍（Brussels sprout）。總覺得這款蔬菜長相喜感，一顆顆翠綠小圓球，質地緊實，煮熟了吃口感綿密，不喜歡的人會形容像硫磺味衝鼻。第一次買抱子甘藍時純粹出於好奇心，因為女兒指著一堆小綠球說，這是她同學們最討厭的蔬菜了，有一次老師上課時說Brussels sprout營養價值多高多高，同學馬上此起彼落發出真噁心的呼喊。這麼噁心啊？當然要試試。

外國家庭最常見的做法是煮熟了加上奶油、鹽和胡椒粉拌一拌，果然很難吃。我先剖半以大蒜爆香奶油後慢煎，再加點水燜熟，或者水煮兩三分鐘後，加點奶油、紅椒粉進烤箱烤，ㄟ，真的不難吃啊，起碼兩個小孩都能入口，甚至愈來愈喜歡。抱子甘藍是很多西方小朋友討厭的蔬菜，其痛恨程度和綠花椰菜有得比，能夠成功馴服，把它變成餐桌上討喜的食物，挺有成就感。

趨甜避苦，是人類的舌頭本能，所以連小嬰兒吃藥時都要加點糖漿。能吃苦，需要鍛鍊、學習和適應。大自然似乎喜歡和人類開玩笑，許多帶苦味的蔬菜，營養價值特別高，只要一查，不論是芝麻菜、菊苣或抱子甘藍，都有豐富的維生素、微量元素，從增強視力、消炎、到增強免疫力甚至防癌，好處數不清，簡直就是天然恩賜的藥物。

再如小時候阿嬤常煮的「黑甜菜粥」，黑甜菜學名龍葵，鄉下田邊常見的野菜，節儉的阿嬤三不五時發動我們去採摘。煮粥時，她會放點豬油渣和紅蔥酥，家中大人特別喜歡，都說吃了退火氣消燥熱，對身體好，一碗接一碗。但這「黑甜菜粥」堪稱童年惡夢，第一口真的好苦好苦，難以下嚥。龍葵台北不易見，多年來只在新店捷運附近偶見菜販兜售，如獲至寶，每次買光一大把，清燙、煮粥，小時不懂欣賞的苦澀，如今慢慢咀嚼出了「苦甘苦甘」，阿嬤果真沒有騙人。

說到苦味蔬菜，怎能忘記苦瓜？

散文家汪曾祺曾寫過一篇散文談苦瓜，頗有妙趣。他說苦瓜在他的家鄉話是「癩葡萄」，只放在瓷盤裡看著玩兒，不吃的。後來在昆明和一位詩人吃飯，那位詩人故意開汪曾祺玩笑，「你不是號稱什麼都吃嗎？」那天詩人只點了三道菜：涼拌苦瓜、炒苦瓜和苦瓜湯。從此，汪老開始吃苦瓜了，而且覺得北京人做涼拌苦瓜時特別用冷開水「撥」三次以去其苦味，未免無聊，「苦瓜不苦還有什麼意思呢？」

真的，苦瓜不苦還吃什麼呢？夏天到了，也是苦瓜盛產時，不論切片加豆豉炒肉絲、加顆酸梅和糖涼拌、用鹹蛋拌炒，或是煮一鍋甘甜的鳳梨苦瓜雞湯、苦瓜小魚乾排骨湯……各式各樣苦瓜料理，都是夏天餐桌的最愛。

廣東人也愛苦瓜，不過他們叫「涼瓜」，寓意吃了清涼怯火；然而更詩意的別名叫做「半生瓜」。這名字真有點意思，意指年輕時很難欣賞苦瓜之美，待能夠品嚐出苦瓜的甘甜時，已是看過風景歷過滄桑，人生走至一半的中年了。聽過陳奕迅唱的〈苦瓜〉嗎？黃偉文寫的歌詞美極了：

「真想不到當初我們也討厭吃苦瓜，今天竟吃得出那睿智愈來愈記掛。開始時捱一些苦，栽種絕處的花，幸得艱辛的引路，甜蜜不致太寡。」

「今天先記得聽過人說這叫半生瓜，那意味著它的美年輕不會洞察嗎？到大悟大徹將一切都昇華，這一秒坐擁晚霞，我共你覺得苦也不太差。」

半生躑躅，終能吃出苦瓜的萬般滋味，就沒白活。

煮湯和人生，一點舊一點新

少女時代看過一部好萊塢電影，新娘子穿婚紗時手忙腳亂，口裡急喊：「Something old? Something old?」閨密一旁幫著找新娘母親送的鑽石耳環，遍尋不著，情急之下媽媽直接從手上扯下家傳紅寶石戒指戴到女兒手上。

「Something old, something new, something borrowed, and something blue.」西方新娘身上一定要一點舊東西代表家族歷史傳承，一點新東西乘載未來新生活新盼望，還要借點婚姻幸福朋友的小東西意味得到朋友支持，最後加上一點藍色事物象徵愛情與忠貞。其他劇情全忘光了，不知為何「一點舊一點新」這句話像咒語一樣藏在腦海中，連第一次在秀蘭小館喝到醃篤鮮時，大大驚豔之餘心中叨念，「這湯放一點火腿一點五花肉，一點扁尖筍一點鮮竹筍，不就是一點舊一點新嗎？」

上世紀九〇年代秀蘭小館正當紅，聽說是國民黨高官們的最愛。請客的長輩是上海人，非常喜歡秀蘭的道地口味，但會輕輕說上一句：「秀蘭小館啊，小吃大會鈔。」秀蘭精緻的盆頭菜、獅子頭、醃篤鮮開啟我對江浙菜的味蕾熱愛。

一直愛喝湯，猶愛醃篤鮮。顧名思義，「醃」代表醃製的火腿和鹹肉，講究的還要加上鹽漬扁尖筍；「篤」是咕嘟咕嘟小火慢燉，水量要足，開蓋細細滾個二三小時跑不掉；「鮮」則為新鮮五花肉和剛出的新鮮春筍或冬筍。這鍋湯若要認真做來，費工費料又費錢，卻湯鮮味濃，不要太好吃。每年的年夜飯，總在火胴白菜砂鍋雞湯和醃篤鮮之間取捨，往往後者勝出，特別為這鍋湯遠道跑一趟南門市場備齊所有食材，除夕前新鮮冬筍一斤八百元天價也忍痛下手，誰叫鮮甜的冬筍是此湯靈魂呢？

待搬至台大附近，南門市場成為每周採購之處，雖比其他傳統市場價貴，但老闆們臥虎藏龍，對於食材的運用和處理，往往一兩句指點，獲益良多。有天，認真挑選綠竹筍，台灣的綠竹筍真是夏日至寶，老闆知道我要煮雞湯，拿出一罐攤子上賣的佛光山自製「醃冬瓜」，「妳試試煮湯的時候，加一小片進去，更好吃喔。」果然，不必多，一小塊醃冬瓜就讓竹筍雞湯多了醇和甘，仍然新鮮，味道卻「厚」了點。再一次，向另一攤買新鮮帶泥的蓮藕節，老闆娘問：「妳要怎麼煮？」「煮排骨湯啊！」她忍不住建議，「妳可以加上新鮮花生和一點點乾魷魚去煮，特別鮮。」

醃冬瓜和乾魷魚不就像是醃篤鮮的火腿與鹹肉嗎？從此，一竅通百竅通，大凡煮湯，常常「一點舊一點新」，讓食材「二代同堂」甚至「三代同堂」。例如，蘿蔔排骨湯裡扔一兩條蘿蔔乾或十年老菜脯，香菇雞湯裡丟幾顆新鮮香菇或蘑菇。

新舊交融的鮮味怎麼來的呢？舌頭有不同區域的味蕾各司其職負責品嚐酸甜苦辣鹹（舌尖味蕾愛甜、兩側味蕾品酸、舌根嚐苦味……），獨獨「鮮味」很玄妙，味蕾並沒有特定區域負責。某些食材會釋放麩胺酸和肌苷酸，引起味覺神經興奮，分泌唾液，並讓大腦產生愉悅感。猜對了吧？麩胺酸和肌苷酸就存在於許多風乾的食材中，例如火腿、蝦米干貝小魚乾，乾香菇等菌類，還有大豆發酵而成的製品（如醬油、醬黃豆製成的醃鳳梨醃冬瓜破布子等）。古人沒有科學工具去研究分析這個酸那個酸，卻早早知道通過時光與日光的濃縮，讓食材「舊一點」，提煉出「鮮」味來。

去餐廳吃飯，點菜時我習慣點幾個熟悉的、愛吃的傳統菜，保證不出錯；再點一二道從未試過的創新菜，讓冒險帶來新體驗。穿衣搭配，從頭到腳全新未免太像小時候過新年，搭配保養得宜的舊絲巾舊皮帶反而可以壓住新衣的躁。人際關係，珍惜老朋友的脈脈溫情，也熱烈歡迎新朋友帶來的新視野新觀點。

煮湯和人生，來一點舊放一點新，比較不會膩。

說走就走的中年少女澎湖歷險記

好吧，稱呼五十好幾的自己「中年少女」未免有點厚臉皮，但談到旅行，我和旅伴展現出「說走就走」的氣魄，以及不做規劃，完全隨興隨意的輕快風格，多少也和「少女」沾上邊吧？（自以為）

十月底去澎湖，東北季風開始了，風浪太大可能去不了望安七美等離島，也不能從事水上活動，「光在馬公玩會很無聊嗎？」一聞此言，同學朱子建議，找家好民宿，在小漁村晃晃、吃吃海鮮，享受悠閒度假之樂就夠了。她可是資深旅遊記者出身，年年到訪菊島二、三次的澎湖通。

此言甚得我心，十月太忙，正需要放鬆。此時凸顯好旅伴的重要了，如果有人好動有人好靜，一個凡事精確規劃一個處處隨遇而安，旅程的終點可能就是友誼的句號。朋友緣分很奇妙，時常是階段性的，原本親近的友誼可能因時空變遷而淡，消失許久的友誼也可能因緣俱足時再度連結。旅伴是三十幾年前，第一份工作的同事，數年前重逢，別離時的青春少艾已屆中年，雖稱不上「塵滿面、鬢如霜」，細紋白髮樣樣也逃不掉。幸運的是，三十年的時光洗禮似乎讓我們更成熟更懂得欣賞彼此的優點，相偕一起參加爬山社團活動，偶爾兩人或兩家（邀請另一半）共同出遊，花蓮、馬祖、台東……都曾作伴出行，相處十分愉悅自在。

*

松山機場碰頭時，我向臨櫃辦理的帥哥要求換成兩個走道座位，一上機發現居然是第一排商務艙，好久沒搭飛機了，一搭就升等，互祝好兆頭。同學朱子已事先安排第一天交通，由計程車司機楊先生帶領五小時行程，先去看美麗的山水沙灘、風櫃洞，再到市區海鮮午餐，天后宮、篤行十村等景點閒逛。

十月底的澎湖天青海藍，遊客寥落，東北季風一陣陣，站在風櫃洞數百萬年前火山爆發、熔岩冷卻後形成的玄武岩洞上拍照，內心湧出極大幸福感，五十後，如果說有一點點智慧增長，在於較能專注享受當下愉悅，不為昨日懊惱，不替明天憂煩。

吃完美味午餐，迫不及待參觀天后宮，真是太優美的古典建築，這是台澎金馬最古老的媽祖宮廟，建廟時代已不可考，可確定的是一六〇四年荷蘭人登陸澎湖時即已存在。不同於澎湖眾多新建宮廟的繁複華麗，天后宮古樸典雅韻味十足，讓人流連忘返。

忍不住嘆息，為什麼這麼晚才發現澎湖之美呢？多年來，我們在歐洲、日本、南北半球全世界亂跑，卻偏偏忽略腳下的本土之美，部分原因是認為愈遠的地方愈應趁年輕時多跑，以免年紀愈大愈飛不動，但主因恐怕仍是「近廟欺神」的崇外心態，愈想愈慚愧。

幾小時遊歷下來，旅伴信心大增，澎湖的主要幹線寬廣好開，標示清楚，正逢淡季車又少，我們臨時決定租一部小車子，自駕暢遊，司機楊先生也是民宿業者，很快聯絡了他熟悉的租車業者，替我們租一部Toyota小白，相約在一個檳榔攤簽約付錢拿車。檳榔攤？沒錯，澎湖人就是這麼自在，租車行老闆事業很大，既是檳榔中盤商，也經營兩家民宿、一間租車公司和規劃當地旅遊行程。

拿到幾乎全新的小白，設好導航，朝著期待已久的白沙島民宿「候鳥潮間帶」出發。

＊

我打電話給正在澎湖採訪、也住同一民宿的同學，「朱子，我們已經租好車上路了，應該三十分鐘以內可以到。」「沒問題，慢慢開。晚上可以和好客民宿協會的朋友們一起吃飯，她們會煮海鮮招待。」這麼好！二〇三縣道筆直寬闊，路旁挺立的南洋杉在藍天白雲下閃閃發光，心情好到不能再好。

趁著紅燈停車，我邊看Google地圖邊對旅伴說：「前面轉個彎就是跨海大橋了……」話沒說完，突然砰一聲巨響，小白被後方來車大力撞擊到前方斑馬線。

「你是怎麼開的？沒看到紅燈嗎？」解開安全帶下車查看，我們質問對方。撞我們車的是一台舊的小發財，司機目測亦是六十餘歲，他大概嚇到了，眉頭緊皺，久久說不出話來，好不容易擠出一句：「有看到但來不及了。」同時間在一旁等紅燈的年輕摩托車騎士立刻幫忙，提醒對方立三角錐，讓我們拍照錄影定位，並打電話報警，請警察及交通大隊來處理。

趕快打電話給朱子，她和潮間帶民宿主人立刻趕過來，肇事司機也打電話給上班中的兒子，短髮年輕人一見面就凶父親：「你到底在急什麼！」原本以為萬幸沒人受傷，但左腰部隱隱發疼，試著旋轉腰部也不似之前靈便，可能強力撞擊下牽動了之前的肌肉舊傷，旅伴勸我到醫院做個檢查比較安心，她留下來和對方到警局做筆錄。

照了片子，脊椎無礙，外科醫生判斷是肌肉或筋膜在突然的撞擊下緊縮，這得靠後續物理治療，他頂多開個止痛藥。沒大礙就好，再自急診室匆匆趕到警局，雙方已做完筆錄，肇事司機憂頭結面，他是流動香腸攤的業者，因馬公生意不好，下午打算開車到更鄉下一點的廟口做生意。

可以想見，他內心一定很憂煩在我們的Toyota行李廂幾乎全毀下，該賣多少香腸才夠付賠償？從我們的立場，興沖沖的第一天旅程就碰到意外，完全是無辜的受害者，若不能當場談成和解，一個月後交通大隊的初判出來，還得再飛一趟澎湖解決。

澎湖警方的處理很公平圓熟，讓對方知道這種後方追撞的責任歸屬很清楚，若一個月後再談和解，租車公司也有權要求補償營業損失。此時，租車行老闆也很阿沙力，說只要能找原廠修復如新，他不會要求其他。原本有些意氣，想追問我們是否急剎（當然沒有）也有責任的兒子，也在權衡之下終於簽下和解書。

不得不佩服潮間帶主人美滿洞悉人性、又充滿同理心的協調功力。周旋期間，她看出對方父子關係頗緊張，於是和緩提醒年輕人，父親年紀大了還要出外做生意，可能需要幫忙，不妨多關心一下爸爸，例如用網路協助行銷，以及找出比較有人潮的生意點，甚至提出她熟悉的海灘以及適合的生意時機。原本怒氣滿滿的年輕人，臉上線條漸漸柔和下來。

簽完和解協議書，兒子陪同走了一段路，旅伴提醒他也許父親大太陽下看不清楚紅燈，也可能年紀大了反應沒那麼快，來不及剎車，請家人不要再多苛責，此刻，他的眼眶已泛紅。

*

歷經周折終來到民宿，或許是想替我們壓驚，美滿主動將我們訂的「星空房」換成超大，二百七十度海景的「醉日房」，為什麼叫「醉日」？翌日清晨六點走出陽台立刻秒悟，太陽緩緩從左邊升起，微風中海鳥陸續停駐在民宿前方的潮間帶小礁石覓食。日出美，夕陽更美，傍晚五點多，看著霞光中的太陽一點點沒入遠方海平線，坐在躺椅上捨不得一刻閉上眼睛，連呼吸都怕驚擾美景。

第二天，我們開著車跑遍西嶼島與白沙島，照著導覽圖不捨錯過任何景點，每到一地照例讚嘆真是世界級美景，雖然東北季風比昨天更強勁，走著走著，有時害怕自己被吹入海中。遊客稀少，我們開玩笑整個西嶼島彷彿被我們二人奢華包場。誰說東北季風下的澎湖不好玩？如此寧靜蒼涼的天地大海之美，不是特定季節還看不到呢。

一早出門回到民宿已近黃昏，美滿打趣，她原本預估下午二點我們就會回民宿休息，「妳們真的心很寬，完全不受昨天的意外影響遊興。」當然要這樣，意外發生已損失寶貴時間，再損失心情豈不雙重划不來。

美滿說，年輕人已來電致歉，告知修車費用七萬餘元，有些超乎預期。三人商量一下，決定和旅伴一起贊助烤香腸攤生意，由美滿安排適合的公益活動。我相信，以她的細膩和人脈，未來應會在能力範圍內拉拔一把。台灣人有種「過一個運」的說法，這場小意外希望對雙方都是度一個劫，劫後天空海闊。

風景很魔幻、過程如坐雲霄飛車的三天二夜澎湖之旅，必然會在我的旅行回憶中留下濃墨重彩的一筆。

這一切，要歸功志趣相投，價值觀相近的旅伴，更要感謝眾多澎湖朋友們，除了人情練達的美滿，第一時間幫忙的摩托車騎士、司機楊先生、警察、請我們吃了二頓海鮮大餐的「好客民宿」主人群，甚至菜市場老闆……無一不親切質樸。菊島觀光業發達多年，菊島人卻仍保有海島人的寬闊淳厚，好感動。

未來還要不要再訪澎湖？百分百。敢不敢再租車自由行？當然一定要。中年少女們的膽識，絕非虛張聲勢。

輯四◉那些書與人

工作場景

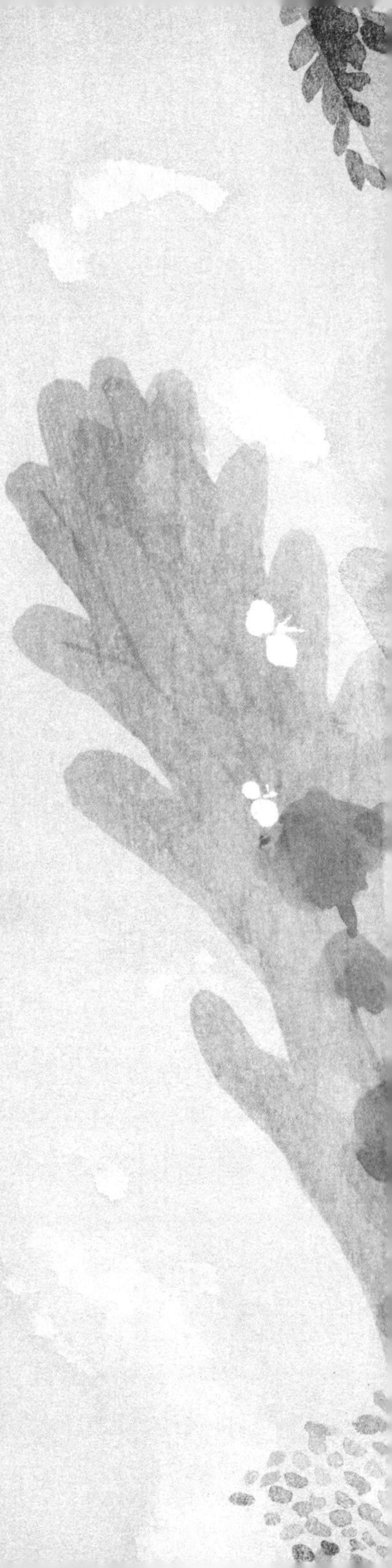

從聽到《遠方的鼓聲》開始

愛書人總會有那麼幾本書，隨手放在床邊案頭，任何時候翻開任何一頁，總覺樂趣無窮，對我來說，村上春樹的幾本散文集就是無可替代的隨手之書。

真正愛上村上是從《遠方的鼓聲》開始。那年，帶兩個小孩移居澳洲雪梨，越洋搬家行李有限，硬是塞進幾套金庸和這本村上。置身語言和文化環境皆陌生的異國他鄉，白天用不熟練的英語處理各方瑣事，夜晚一遍遍讀著《遠方的鼓聲》。彷彿隨著村上腳步，坐著渡輪到入冬的希臘斯佩察島、克里特島小住，跟著他每天在陌生的希臘小村落慢跑、到港口買魚，和希臘門房交上朋友。在一段又一段的旅途遷徙中，他維持著每天跑步和清晨即起寫作的固定節奏，一個字一個字完成長篇小說《挪威的森林》。

很奇妙，藉著一遍遍閱讀《遠方的鼓聲》，內心的寂寞感和孤獨感慢慢消失了，我彷彿也聽到屬於自己的鼓聲，新的力量油然而生，在雪梨開始向外探索異地異國、向內探索自我的人生長旅。在那之前，閱讀是樂趣是吸收知識的管道；在那之後，深刻體會，閱讀可以是安慰是激勵，是探索陌生世界的旅伴。

銷售成績來看，村上的小說迷遠遠比散文迷多得多。「小說家」畢竟是他的主要身分，連他自己都說，平常生活中點點滴滴收集起來、分類儲藏的「美味素材」，主要為了留給長篇小說寫作使用，剩餘物資才會拿來寫雜文。很明顯，他的散文和小說風格完全不一樣，不同於小說故事的複雜、隱喻重重、主角的陰暗痛苦和尋找救贖，他的散文幽默、坦率又明亮，對世界有一種洞察後的瀟灑。對我這種讀不下雞湯，對許多勵志書本能逃避的讀者來說，他的散文真是最上層的「勵志文學」了。也因此，在拿到《身為職業小說家》的版權後，我努力壓下書迷的激動，試著從專業編輯的角度思考：如何將這本精采的散文推給更多人？

只從表面架構看，這是一本「專門」談寫作的書：從他如何被一顆飛過棒球場的安打「天啟」般開始寫小說、何謂小說的原創性、如何尋找寫作題材、寫作的紀律……這樣一本自傳性質濃厚、聚焦明確的散文集，忠誠粉絲一定會喜歡，熱愛寫作的人也可能想取經，但以上基本盤之外，能否吸引更多年輕人？對這本書來說，最大的挑戰是在行銷的企圖心有多大？能否將村上散文的讀者推到原有的村上迷之外？

經過許多次討論和激盪後，編輯團隊決定從這本書的內涵出發，傳遞我們認知的村上精神。

村上對權威框架有明確的反叛性，他長年和日本社會「以和為貴」（以他的話來說就是文化的「單極集中」）的體質格格不入。《身為職業小說家》中有一段自述：「我屬於經歷過六〇年代末期所謂『反戰時代』的世代，『不願意被體制收編』的意識算相當強。不過同時，或在那之前，好歹也忝為創作者之一，精神上的自由比什麼都重要。」很多村上迷喜歡的不僅是他的作品，更包括他始終如一追求個人自由反抗體制的集體壓迫，「永遠和雞蛋站在同一邊。」

企劃同事燕宜提出一個大膽構想：在出版環節中，「獨立書店」可能是自由但最弱勢，卻又最具反叛精神的一環，何不利用行銷此書的機會，特別和全省二十幾家獨立書店合作，表達對他們的支持？同事們說服好幾位包括吳明益等傑出本土創作者，由南到北、由西到東，在全省各獨立書店舉辦活動，既談這本自傳式散文，也分享他們個人的創作經驗。持續兩個多月，從竹東、花蓮到台南，在一場場活動中，確實看到很多年輕而熱切的面孔。當時，我們特別把發想的一句文案

「這世界，無論如何都需要小說」製作成布旗，免費送給全省上百家書店懸掛。這面藍色布旗上，沒有打上任何宣傳書名或LOGO，希望讓這句話「大一點」，獨立存在。直到現在，許多書店仍然懸掛。這個行銷活動，表面上是宣傳一本書，本質上是傳達一種信念一份價值。

我們珍惜獨立書店的存在，但如何給予他們更多的支持，編輯的角色如何協助？藉此「大書」的出現，為獨立書店帶動話題、人氣與買氣，這本書應該算是一次成功的嘗試。

書中有一段村上引述兩個男人攀登富士山的小故事，兩人都沒看過富士山，頭腦聰明的人爬到山麓上東看西看，發出「啊，富士山原來如此，真美麗」的感嘆，就回家了，又快又有效率。但頭腦不太好的男人，覺得只到山麓理解不了，於是一步步以雙腳攀登到山頂，沒有效率又耗體力，甚至於越攀登越心虛，覺得可能永遠理解不了。對村上來說，小說家這種族類，就是屬於後者頭腦比較不好的男人，「沒有效率、不輕易下結論。」

「以一輩子的時間謙虛精進、理解自己的專業，這不就是日本的匠人精神嗎？」我用紅筆寫下筆記，雖然輕易下了閱讀結論，佐證我永遠不是小說家這塊料，但每次重讀總熱血沸騰，彷彿注射了多巴胺。

隨時隨地隨便一頁，《遠方的鼓聲》與《身為職業小說家》。

一定要美麗到底 記小說家李維菁

我們兩人在花園中慢慢走，她上身穿一件花襯衫，下搭合身窄管牛仔褲，紮頭髮幾近素顏，眼睛明亮，話語清晰。我們一面走一面亂聊，主要是談《罐頭Pickle!》出版後的寫作計畫，她心中還有什麼好故事適合做成大人繪本呢？她喜歡的紐約插畫家有沒有可能和我們合作？醒來，這只是一場夢，和現實接軌得太緊密的美夢，無奈醒來後再也無法傳訊息告訴她，「嘿，維菁，我昨晚又夢見妳了……」

認識維菁約在二〇〇八年左右，仍在天下文化任職，有次編輯部同事和楊照、何榮幸、張瑞昌等運動寫作高手聚會，她蹦蹦跳跳紮個馬尾露出光潔額頭一起出席。當時，她和何榮幸是《中國時報》同事，雖然已以《我是許涼涼》擄獲眾多書迷，見面的感覺卻是年輕妹妹，從纖瘦身材到衣著打扮，少女感強烈，有種看不出年齡的靈動。

之後轉崗時報出版工作，為了村上春樹的《沒有女人的男人們》行銷，請維菁替這本書拍BV，她是村上多年粉絲，總愛稱呼他「村上大叔」，不論對村上的文學創作脈絡，或是對「沒有女人的男人們」這個命題，都有犀利洞察。

那幾年，為了做好村上的書，我們偶爾相約吃飯聊天，慢慢相熟。聊啊聊的，話題也從村上的文學世界轉向台灣文學界以及她自己的創作計畫。我不是做文學出版出身，雖然也讀一些台灣作家作品，整體來說，對台灣文學界，特別是小說創作者十分陌生，維菁替我補了不少功課。也才知道，她是台大農推系背景，多年來創作生涯以藝術評論和文學寫作為主，但閱讀領域和興趣深而廣，常要我推薦非文學類的商管書和社科書給她。

不同初識時的「小妹妹」印象，認識維菁的過程像打開一層層堆疊的俄羅斯娃娃，每一次見面深聊都讓我看到新的閃光點。她對人對事的評論一針見血，但總在尖刻的邊緣輕輕放下，試圖去理解一些不公評論甚至惡意言語的背後脈絡。她太聰明太敏銳太敏感，無法假裝自己看不懂這個世界的複雜邪惡，但又始終心存厚道，對一切人事物不願逼到圖窮匕見的難堪，無論如何也要保留姿態的優雅。這或許也是她驕傲，因著這份堅持「體面」的驕傲，諸多苦澀只能深藏或悶吞了。

維菁的長相非傳統美人，但氣質精靈，愛打扮也擅打扮。有回相約SOGO復興館吃飯，一路經過各名牌，她侃侃而談分析品牌特色，不論歐美日韓，都有關注的愛牌。我們討論過：一個文化人能不能又有頭腦又喜歡精緻美麗的時尚華服？答案是，對物質世界的喜愛與對精神生活的追求當然可以不衝突！文化人不必然一定要過清苦的日子或以清貧形象來證明自己是認真的創作者。另外，一個外貌較出色的單身女作家（記者或文化人）是否常因為性別、因為外貌，承受非戰之罪的不友善或惡意？而偏都會的創作題材、不那麼「政治正確」的創作題材，其文學作品是否比較難以得到公平的評價？

另一個我們反覆討論的主題是，暢銷性與文學「純粹度」之間一定呈現反比關係嗎？村上春樹的暢銷難道正說明了他文學的純度與深度不夠嗎？而如果連村上春樹本人都在《身為職業小說家》直白說出他對排行榜的看重，那麼一個文學創作者或者文學編輯，希望自己的作品「叫好又叫座」，努力行銷一點也不可恥，不需要有什麼高高在上的身段。

和如此慧黠的作者深談，過癮極了。我感覺，維菁最在意的，是她的作品有沒有真正被看見、被理解、被認同、被評價。雖然喜歡她筆下女主角許涼涼、徐錦文的讀者已經很多，她偶爾仍流露出不安與脆弱，對於自己小說暢銷之餘，「文學性」是否得到足夠的肯定？她耿耿於懷。獅子座的維菁是女王，不愛訴苦，唯一的武器就是堅持寫作，即使病中，也不放棄。

如果沒有維菁，我和同事建偉創立的時報「大人國」書系不會順利進行。有回一起吃飯，我說：「讓我們來做給大人看的繪本書吧！」彼時，她在臉書發表一篇短文，讀之深受觸動。一位獨居的女性沒有力氣打開某個罐頭，一直放在廚房裡，既是寂寞也是陪伴，是隱喻也是現實。「維菁，把這段文字改寫成短篇故事，我們來找喜歡的插畫家合作！」我提議，她大喜，「這是我一直想做的事情啊！」立即一口氣列出自己喜歡的台灣插畫家、日本插畫家和美國插畫家，說在ＩＧ上追蹤好久了。我們繼續作夢，討論邀請吉本芭娜娜和台灣插畫家合作，就能將台灣插畫家推向日本。

這個夢想似乎沒那麼遙不可及，只需認真開始。

第一本創作，她建議找舒皮，優雅俏皮又溫暖的女性風格插畫，正巧主編建偉合作過，吉本芭娜娜亦欣然參與，寫下《惆悵又幸福的粉圓夢》，同樣由舒皮負責插畫。一切順利得不可思議，只除了，維菁生病了。交稿後，她來時報找我，低聲訴說發現罹癌，但希望安靜處理，醫生對她很好很照顧，一切都還好，不會影響書的進行。拍BV時她已動過手術，仍美麗有元氣，我們相信一切都會好好的。

二〇一八年初台北國際書展，時報出版邀請維菁和吉本芭娜娜對談。維菁非常瘦，以為清理乾淨的癌細胞頑強復發，這次，她沒那麼樂觀，「宜芳，情況很嚴重，我可能會早走。」握了握她冰冷的手，傳遞無言的安慰。二〇二〇年秋季，舒皮和吉本芭娜娜合作的《惆悵又幸福的粉圓夢》，終在日本由幻冬社出版，我們起心動念時的夢想完成了一半，維菁卻早已離世。

《罐頭Pickle!》裡我最喜歡的一幅插畫：穿著條紋毛衣寬鬆背心，隨意搭瑜伽褲夾腳拖的女人，手拿一杯咖啡站在小七門口等待雨停，手上僅有的溫暖帶來片刻抵擋冰冷現實的勇氣。「我還是一個人生活，但可能沒那麼害怕了，不管是怕這世界，怕自己真正的樣子，或者是怕一個人面對這世界的無力。」

維菁，於我，曾是這杯咖啡。

記得真實的賈伯斯

賈伯斯離開好久好久了。蘋果在接班人庫克帶領下，股價市值屢創高峰。死忠果粉如我仍然一代代換iPhone、買iPad。我不知道別人對於蘋果的死忠為什麼沒有變，對我來說，曾經編輯過《賈伯斯傳》（*Steve Jobs*），長達一年多的時間記掛他的生死，即使他離開許久，換用其他品牌手機，心裡就是怪怪的，似乎背叛了曾經的刻骨銘心，完全是編輯人的自作多情。

二〇一〇年春，版權代理公司高層主動要求拜訪天下文化公司最高負責人高教授。與會者心裡有數，一定出現超級大書了。按照一般版權規則，國外書訊公平發給眾出版社審閱，按照程序提案競標。這次，國外經紀公司卻一開始即決定「限定式參與」：評估各國少數幾家出版方向最適合的出版社，直接邀請競價投標。會是誰的書擁有這樣的高規格？賓果！是賈伯斯——這是我們預想中的最佳答案！

激烈競爭下拿到版權，附加兩個但書：賈伯斯死後才能出版，以及所有參與者（有權限接觸書稿的編輯和譯者）必須簽下保密協議，確認出版前書稿內容不能外洩。畢竟賈伯斯當時仍任蘋果執行長，他的病況牽涉蘋果股價，更是全球新聞界緊盯的最高機密。對編輯人來說，我們最大挑戰是，公司決定中文版必須和英文版同步。這代表翻譯和後續編輯作業將被壓縮到極限。國外經紀公司分批寄來稿件，俾便我們逐步翻譯和編輯，但最後一批交稿日期和賈伯斯的人生大限將間隔多久？只有上帝知道。

之後一年多，每隔一段時間，就有國際快遞包裹直接送到我的辦公桌。迅速看完書稿，拿給編輯同事，再轉交三位譯者拚命趕譯。一個尋常周三早上，最後幾章內容終於送達。撕開牛皮紙袋，迫不及待一行行往下，當讀到賈伯斯終於辭職（二〇一一年八月），選在最後一次董事會和蘋果夥伴道再見，我的手有點發抖，忍不住想掉淚。當時他進食困難十分虛弱了，必須坐輪椅出入公司。賈伯斯拿出辭呈跟夥伴道別：「我常說如果有一天我不能扛起蘋果執行長的職責，無法達成大家對這個職務的期待，我會第一個讓你們知道。很遺憾，這一天已經來了。」

那一刻，有強烈預感，賈伯斯的日子已在倒數。當天下午，在每周例行的「編輯部業務部賈伯斯專案會議」上告訴同事們，要有心理準備，「那一天」隨時會來。

隔天一早八點，業務部同事打電話叫我打開CNN，「賈伯斯走了！」那是二〇一一年十月五日。

很快，美國出版社宣布十月二十四日出版《賈伯斯傳》。台灣若要同步，只剩十九天！還有幾十頁書稿要翻譯，全書近四十二萬字文稿只編輯三分之二！再扣掉印刷，實際編輯作業時間不到二周。怎麼辦？別說傷感了，連緊張焦慮的時間都沒有，一分一秒皆珍貴。這本書八百頁，動員三位翻譯加上七位編輯，必須協調整合運作，除了分工各章節的校對查證潤稿，有人負責整體列表統一中英譯名，有人負責到圖庫搜尋照片，最後當然還要有人從頭到尾整體細讀修稿，讓文風譯名不要出現突兀的差異。幸好封面設計、版型定價和行銷規劃等細節之前已陸續定案，一切就等著編輯檯把作品「生」出來。整個世界如此喧鬧，而編輯能做的只是靜下來，沉進書稿去。

博客來開預購那個晚上，三個小時預購量衝到九千多本。

《賈伯斯傳》在台灣銷售超過四十萬冊，按人口比例，暢銷程度全球數一數二。幾年前，曾私下詢問日本講談社，他們分成上下兩冊銷售，大約各五十萬冊，而日本人口約是台灣六倍。

我沒有資格評論《賈伯斯傳》暢銷背後的社會意涵，是偶像崇拜、淺碟湊熱鬧、文化殖民意識或跟風炫耀心態……很多人買了之後應該也沒讀完。我想談的是出版細節。

「賈伯斯ㄟ，這本書任何出版社拿到都會暢銷啊！」很多人一定這麼想。我完全同意，但同樣的食材落在不同大廚手上，終究會呈現不同的風味。做書，在方寸之間見分寸。

這書該做到多厚？要密密麻麻排版，減少頁數紙張和成本，還是選擇清爽易讀的版型，厚一點也無妨？多少磅數的紙，質感夠好卻又不會太重？重量牽涉到手感和郵費。定價要放在哪個區間，足以顯示此書分量並顧及成本，卻又不會讓讀者難以入手？當時的業務主管林天來請印務同事做出好幾種不同紙張不同厚度的樣書，精算每一種的重量、郵費，並與好幾家印刷廠裝訂廠，反覆開會協調時間，每一個工作流程皆以「小時」而非以「天」來計算。

我們並做了一個決定：以六位數以上價格購買一批珍貴照片使用權，有些照片甚至不能買斷，必須逐年按銷售本數付款。後來發現，台灣版比起美國版和其他國家的翻譯版呈現了更多有紀念意義的好照片。

更重要的是：定位主軸該如何切入？人人心中都有一個賈伯斯：科技的、設計的、天才的、壞脾氣的、傳奇的、神祕的、驕傲的、永遠只穿黑色T恤的，以及用數位工具徹底改變二十一世紀人類生活的。對我個人來說，在他二〇〇四年罹患癌症後，更狂熱抓緊工作，最重要的創新幾乎都在二〇〇四至二〇一一年，我為他強大的精神力量著迷。

最後，我們決定強調這是一本最「真實」的賈伯斯傳記。在生命最後階段，他和作者艾薩克森談到自己對內容有些不安，「我知道你書裡面的一些東西一定會讓我看了很不爽！」作者點點頭，稱讚他料事如神，「很好，這樣看起來才不會像是歌功頌德的欽定本。我現在不會看，以免被你氣死，等你寫完一年我才看，如果我還活著的話。」

「記得真實的賈伯斯」這句書腰文案，成為所有行銷的主軸。這世上，太多擦脂抹粉、歌功頌德、為企業形象、為個人行銷的「假」傳記，起碼這本不是。

書出版了，後續的故事大家都知道了。不少賈伯斯蘋果老戰友批評，作者把賈伯斯描述得太「mean」，太過尖酸刻薄，忽略他人性溫暖的一面。看到相關新聞，更加佩服賈伯斯對傳記作家的全然信任與尊重。他擁有極為強大的精神力量，生前從不懼怕外界的評論眼光，更何況死亡之後！

做為出版工作者，面對作者離世，我們必須理性超過感性，如何把他留下來的書編輯好、行銷做好，安排通路，送到最多讀者手中，永遠是第一考慮。但，這又何嘗不是作者對編輯的期盼呢？每一個作者定然期待，當肉身已渺，文字與作品能靈魂永存。

既有遠見也有膽識的出版社領導者拍板拿下版權，一群最敬業的編輯與行銷同事們通力合作，《賈伯斯傳》同步出版之驚心動魄十九天，值得一記。

永遠不老白老師

那天白老師一身輕便到時報出版為《白先勇細說紅樓夢》限量精裝版扉頁簽名，鴨舌帽、Polo衫、米白及膝短褲和懶佬皮拖，完全型男打扮。三、四個同事充當書僮，翻頁、整理，足足簽了三個半小時才搞定。簽完最後一張紙，老師高興舉起手臂做出V字型，「真不敢相信簽完了！」總共幾千套精裝版，真是辛苦他老人家了。

一下午，白老師和我們說說笑笑。我問他筆下貼近時代的鮮活用語怎麼來的，「您怎麼想到用『媽寶』、『花美男』和『大仁哥』來形容賈寶玉的？」「在台大上課時，我看有些大學生也是矇喳喳（廣東話，糊里糊塗），可能從來沒看過《紅樓夢》，要想辦法啊！」雖然他曾在美國加州大學聖塔芭芭拉分校教了二十年的《紅樓夢》，回到台灣面對新一代大學生，仍然戰戰兢兢做足準備。

二〇一四年，在趨勢基金會贊助下，白老師開始在台大通識教育課程導讀《紅樓夢》，本來預估每次講三小時，一學期的時間足夠了，誰知欲罷不能，從第一回到一二〇回，足足講了一年半。

時報出版努力爭取將白老師導讀課程整理成文字精華，五十萬字的《白先勇細說紅樓夢》於二〇一六年七月出版。把此書精裝版放到磅秤一量，二．五公斤重啊，實實在在堪稱個人編輯生涯最「重量級」的出版品。

人的一生，總會有些啟蒙經驗影響終生，雖然當下毫無所覺。小學五年級時，躲在被窩裡偷偷看晨鐘版的《臺北人》，白老師短篇小說描繪的那些人物、那個世界，從繁華似錦走到蒼涼入骨，豈是南部小鎮十歲小女孩能懂的，偏偏一讀即痴迷。因緣際會，三十幾年過去，從他的小書迷成為他的出版編輯，和白老師近距離接觸的機會多了，對他的敬愛只有愈來愈深。

八十幾歲的文學大師，精力彷彿用不完般，無時無刻不想著「我們還可以再多做一點什麼」來推動崑曲藝術和紅樓經典。記得一次通電話，說起《白先勇細說紅樓夢》不斷再版，他高興之餘，又擔心同時出版的桂冠版程乙本《紅樓夢》賣不好，直說：「這才是更要緊的，紅樓版本這麼多，這是最好的版本，一定要來努力推。」他甚至說，這些年來太多太多學者、文化人研究《紅樓夢》這部天書，「我自己這部細說，也只是其中之一而已，真正要緊的還是這套程乙本，庚辰本有太多錯誤了。」他真心覺得，推紅樓和崑曲遠比自身的文學成就更重要，願意把自己放低，窮盡己力，完成真正的偉大。

他的努力沒有白費，《白先勇細說紅樓夢》不僅在台灣暢銷，簡體授權版在北京「理想國」出版以來，累印量超過十幾萬套。更重要的是，因為他的《細說紅樓夢》不斷從各個角度比較兩個文本的差異和意義，程乙本《紅樓夢》終於在對岸出現翻盤機會，漸漸打破幾十年來中國學界和出版界獨尊庚辰本的大局。也許對一般讀者來說，閱讀哪個版本有那麼要緊嗎？噓！這句話千萬別讓白老師聽到啊，他一定諄諄教誨，差之毫釐失之千里，看似不同版本的「細微」差異，塑造出的人物特質卻天差地遠。例如，程乙本的尤三姐，其剛烈和貞烈從頭到尾一致，庚辰本的尤三姐，卻先「淫蕩」勾引姊夫再貞烈自殺，未免太過不合邏輯。

雖然白老師老友總開玩笑說他活脫脫就是「賈寶玉再生」，我卻覺得他身上是賈寶玉、林黛玉和薛寶釵「三位一體」。和賈寶玉相似很容易理解，大家出身的氣質氣度之外，如同賈寶玉眼中沒有階級成見，博愛眾生，對身邊丫鬟如同對小姐一般看重。白老師對人對事有一種自然而然的體貼，永遠沒有架子，再年輕再沒有經驗的合作夥伴，他也能看見優點並衷心感謝對方的付出。

當然，他更擁有黛玉的敏感細膩和文學天賦，最能體會黛玉種種看似無理取鬧的小心眼之下，是對身世的傷懷、對人生太多身不由己的早慧洞察。他小時候也如黛玉一般得過肺病，被迫與保姆另外居住，遠離大家庭的熱鬧溫馨，「生病的人一定會胡思亂想啊！」他說。童年孤單與疾病對抗的時光，白老師大量閱讀，有什麼讀什麼，種種說不清道不明的孤寂況味，也成為他創作的養分。

至於薛寶釵，和白老師密切工作的人當能深刻體會，寶釵條理分明的思路、對世俗人情的分寸掌握拿捏，白老師樣樣不缺，否則怎能如火車頭般，帶領兩岸三地不同的工作團隊完成這麼多事情，並且讓每一個合作夥伴如沐春風呢。我們私下給他取了另一個暱稱「白將軍」，因為他推動工作的運籌帷幄和鉅細靡遺，深具其父白崇禧將軍的領導風範。

編輯與作者的互動，千百種型態。許多時候，編輯手裡要有一根長長卻無形的風箏線，當作者自由自在放風任飛時，始終隱隱感受到編輯的存在；偶爾編輯也要用力拉扯一下線頭，提醒作者「準時交稿」這回事兒。不過，我就坦白承認吧，對白老師，我是「書迷」的角色遠遠勝過「編輯」的身分，以他的目標為目標，以他的夢想為夢想，全力配合前進。誰叫他是我的文學啟蒙者、永遠不老的白老師。

野花是她，野鳥也是她

大概是編輯做久的「報應」，《守住角落的人》序文難產折磨甚久。編輯工作之一是邀人作序，忽然有一天，角色替換成為「寫序人」，深深體會真是不容易啊，平常文章寫壞了文責自負，但推薦序寫得不好看不到位，直接影響讀者對此書的第一印象，未免罪過。

難產的另一原因是太喜歡這本書，戰戰兢兢心理壓力太大。然而，再難產也要硬著頭皮完成，無從推辭。畢竟，這本書的源起來自我不放棄的「追求」，每隔幾個月就和作者蘇惠昭對話：「惠昭，相信我，這本書一定要出版，太好看太有意義了。」「真的嗎？妳真的要出嗎？我真的很怕害你們賠錢。」來來回回數次，她終於下定決心。她不是客氣話。在文化相關產業這些年，惠昭是我見過最謙遜、把自己放到「最小」的寫作人。當我們把新書封面設計好，請她過目並選擇較喜歡的一款時，她回覆：「妳知道，我是一個很怕看到自己名字的人，能把作者名字移到下方，並且縮小一點嗎？」她有一種「角落性格」，抗拒成為焦點，最好永遠沒人注意，能讓她安安靜靜做事就好。

寫人物，惠昭真是一把好手。多年來，許多重要刊物向她約稿，請她負責人物專訪，她總是做足功課，準時交出精采的文章，二、三十年下來，採訪過不計其數各界名人。誇張一點說，也許你從未記住過「蘇惠昭」三個字，卻一定看過她寫的人物報導，各行各業各形各色各種跌宕起伏的精采人生。

五十歲之後的惠昭，人生有了大變化：除了專業寫作人之外，更成為一個瘋狂

「攝手」，全心全意拍野花野鳥。有多投入呢？每次與她聯絡書稿事宜，沒有一次，真的沒有一次她的人「乖乖」待在基隆家裡，答案從「我正在大雪山拍鳥。」「這二天人在谷關拍蘭花。」「我在宜蘭拍鳥。」「人在合歡山拍野花。」……從台灣頭到台灣尾，從台灣西到台灣東，幾乎傾盡所有餘暇尋找野花追逐野鳥。也因此，不到十年光陰，台灣三十種特有鳥類拍攝完整；拍野花拍到發現據說已滅絕台灣土地一百多年的「澤珍珠菜」，告知植物學者後，被列入論文的第三作者。

愛上野花野鳥後的惠昭，愈走愈遠、世界愈來愈大，筆下的人物不再只限於藝文界。特別是《蘋果日報》「蘋中人」專欄，讓她自由提出想要採寫的人物，採訪名單果真帶領讀者進入新世界：守護宇宙星空拼出暗空公園的劉志安、森林裡跳躍採集的植物獵人黃信介、曾獵殺過數千隻候鳥如今成為陸蟹保育者的古清芳、愛上梅花鹿的吳嘉錕、為了鳥類能有無農藥過冬棲息地乾脆下海種稻賣米的台大畢業生林哲安……

透過她，我們才知道，台灣各個角落有這麼多可敬可愛的守護者，他們不計代價，用生命實踐信念。

寫作蘋果專欄兩年多，對惠昭是祝福也是詛咒，採訪過程常痛哭流涕，寫作時飽受罪惡感折磨，覺得自己相較之下廢人一枚，對土地毫無貢獻。怎麼會呢？我想趁此機會對她說：「妳也是守住角落的人，用妳的筆和他們一起守護。」礙於篇幅，收錄於本書中「守住角落的人」共二十四位，從藝術文化界到自然生態領域。反覆討論，分成以下三部：

第一部：他們，在森林裡，在曠野中。守護星空／守護寂靜／守護陸蟹／守護石虎……用盡知識擠乾力氣依然前進的他們。

第二部：大自然的翻譯者。自然如此複雜深奧，需要有人自深林或海上歸來，用影像用故事，溫柔帶領我們進入奇幻的世界。

第三部：他們，走一條人少的路，得自由。不管是藝術創作、或是開書店、或從CEO變成草編街頭藝術家，聽從內心的召喚，他們走上人跡罕至的路，開出自由的花。

二十四位痴人，二十四個夢想者，文章不敘述偉大也不販賣悲情，處處是幽默和人性的洞察。她寫水準書店的老闆曾大福：「採訪曾大福確實是艱難的事，他的答題原則是，無論你問我什麼，我只說我想說的，從地平線到外星球。」她寫剪接大師廖慶松談剪接：「丟掉個人評斷，一遍又一遍重複看，進入導演所拍的東西，把它的生命找出來，讓靈魂釋放出來。」對廖慶松而言，「這是剪接，撇開技術，聽電影說話、找出影片該有的樣子。而不是我認為它應該有的樣子。」讀著讀著，我讀懂了這些人物，也讀懂了惠昭。

她和他們，都是角落者。某種程度來說，和主流世界格格不入，但誰在乎呢？他們在角落裡創造出無限豐富的大宇宙，安身立命。光是知道有這些人的存在，就給我帶來一種奇異的安心感。覺得這個世界仍然有救，不那麼污濁不那麼算計，不是只有一種勝者為王金錢至上的價值取向。只要活著只要做自己喜歡的相信的認同的事，就是幸福。

一次通電話，她說：「我正在馬胎古道拍蘭花，這裡超多野生蘭超好拍。」「什麼？我上個月才去走過馬胎古道，看到很多很肥大的毛毛蟲，但沒有看到半朵蘭花啊？」她傳來一張照片，野生蘭花小到她必須趴在地上才看得見拍得著。那一刻，我恍悟，野花是她，野鳥也是她，角落裡的美麗，天空裡的自由。

如何找到好作者好題材？

那一晚在東京居酒屋，終於見到了傳說中「百萬暢銷書」級別的超厲害Sunmark總編輯黑川精一先生。他個子不高，獵裝配卡其褲，頭髮微卷有型，看似不經意的打扮中透出瀟灑氣質。黑川先生一落座先道歉，因為一早必須到大阪陪作者接受採訪，趕不回參加版權會議。「是陪同哪本書的作者呢？」我問，答案是熱賣已超過八十萬冊的《唰！劈腿》。這書白天才翻閱過，很薄，一位瑜伽老師以擅長教導學生柔軟「劈腿」聞名，不論學生多大年紀原先骨頭多僵硬，在她的指導下很快就學會一字馬。

說真的，我不大能理解為什麼這書如此暢銷，就我判斷，這書即使引進台灣很有可能水土不服。我更關心的是：「這本暢銷書是怎麼策畫出來的？」具體來說：如何找到這個議題，判斷值得出書？如何發現作者？如何說服出書？如何將可能雜蕪沒有邏輯的作者口述轉化成可讀性文字？以及如何行銷推到讀者眼前？

編輯是什麼？一般讀者不會注意到編輯是誰，以前常和同事開玩笑，如果讀者會翻到版權頁看編輯是誰，通常代表出了大錯，麻煩來了。編輯有很多基礎又細節的工作：修潤文字、校對、下標、封面設計、文案寫作……太多容易出錯的環節。

但編輯的角色卻絕不應該僅止於此，日本幻冬社社長見城徹對編輯的定義是：「從無到有，將人類抽象的思想與意識，製作成商品（書籍）藉此賺取利潤的工作。」他甚至以魔術師來形容，魔術師變魔術還可以倚賴道具，但編輯卻「好比沒有道具的魔術師，要將人的思想與意識製作成商品，如同要捕捉難以捉摸的雲煙啊！」

見城徹當然也是「百萬級別總編輯」，被封為日本「暢銷書之神」，他擔任編輯的第一年，和女友散步經過一家補習班，啟發他去了解公文數學是什麼？策畫編輯出「公文式數學的祕辛」，出版後不但書大暢銷，也帶動公文數學從一個只有五萬名會員的補習班，迅速擴展為年營業額六百億日圓的國際教育機構。之後，他成為角川書店總編輯、創辦幻冬社，編輯過的大作家包括尾崎豐、石原慎太郎、坂本龍一，以及村上龍等等上百位。

讓我們回到居酒屋的黑川先生吧。最早他是在YouTube看到《唰！劈腿》作者的影片，覺得太神奇，黑川不到五十歲，身體卻很僵硬，別說一字馬，連彎腰觸地都困難，看到連八十幾歲老先生都可以輕鬆做到，觸發他製作此書，「我通常都是從自己的生活體驗出發，思考哪些題材是讀者也需要的。」他強調策畫重點在於：「不能只是單純的健康書體操書，還要放進心理勵志的成分。」他分析，純粹健康書太常見，很難暢銷，但放進作者甚至學習者的親身故事、學習心情，就能激勵讀者相信自己也能做得到，「挑選書中實例時，就要考慮未來他們願不願意上電視節目現身說法，講述學習心情。」

實用書不是我擅長的領域，但黑川總編一席話仍帶來共鳴與啟發。編輯的角色不該只限於「作者給我書稿之後再來修改編輯」，而是從頭就企劃大綱、參與製作；行銷一本書更不能等到書籍上市，而是決定出版的當下，腦海裡就要有「如何推出」的藍圖。

連續十年，每年都到東京拜訪日本出版社，觀察到一個明顯趨勢是：翻譯書所占比重越來越少，日本本土作者的比重越來越高，目測很可能是二：八。在日本，只要一個作者或一種新題材暢銷了，後續其他出版社馬上跟進，沒有任何「不好意思抄襲題目」的包袱。速度之快可能一個月後就有競品推出。例如，Sunmark這本《唰！劈腿》大賣，之後寶島社也迅速推出類似書籍。（後來台灣兩本都引進了，寶島社的出版時間甚至更早。）

這麼競爭，代表編輯的策畫能力很重要。有家出版社規定全社每個人，注意，是每一個人，連會計等後勤人員都要定期參加動腦會議提供出書點子。因此，日本編輯好忙，除了編輯實務工作，下班後忙著參加各種講座研習會，上網看影片找靈感，當然更要密切注意其他出版社動態，看到好作者趕快策畫企劃案努力搶過來。一般來說，日本作家很少只固定與同一家出版社合作，同時和好幾家編輯共事很普遍。當然，競爭如此激烈的後遺症是容易粗製濫造，不少日本暢銷書靠主題和書名吸睛，但內容疏鬆灌水；優點是創新題材和創新切入角度層出不窮，高壓往往是創新搖籃。

許多年了，日文書在中國、韓國、台灣和東南亞各國大量賣出版權，Sunmark的書也有許多成功輸出歐美，例如《怦然心動的人生整理魔法》就在歐美暢銷，作者麻理惠成為日本「整理禪」女神。

台灣的情況呢？以開發本土作者為職志的編輯人，如何尋找題目和作者呢？以個人經驗來說，挺仰賴大量閱讀與直覺判斷。曾經看過一篇署名「二師兄」的文章在臉書瘋傳，他寫新竹台南台中各縣市的摩托車騎士，各有或剽悍或飄忽的風格，讀之捧腹，雖有開地圖炮「地域攻擊」之嫌，但確實開創新的寫作風格。主動約二師兄，哇，好年輕好靦腆的作者，恐怕比我年輕的主編和他比較沒「代溝」，之後二人合作愉快，出版了《台灣異聞錄》。

另一本書《何必羨慕新加坡》則是我在電梯口遇見的。話說那一天，我和該書作者梁展嘉分別到News 98接受廣播節目專訪，彼時他剛出版一本談股票投資的暢銷書。我買了也讀了，印象最深刻的不是投資內容，而是上萬字與理財無關的前言，敘述他如何移民新加坡並考入當地公校擔任老師的故事。讀時心想，這作者很犀利，觀察力很敏銳啊！既然電梯口偶遇，機不可失，先交換名片再打電話，找他寫一本從台灣人角度的新加坡社會觀察。

《勇敢做唯一的自己》就更特別了。作者郭瑞祥教授是女兒就讀台大工管系的系主任，她修了郭老師一門課，發現老師「掛羊頭賣狗肉」，表面上是管理學專業課程，卻偷渡了許多深刻的人生教材，希望提早讓天之驕子的台大學生理解何謂失敗，何謂生命的危機困頓與突破。幾經周折，女兒都大學畢業許久，此書終得以出版。

「沒錯！就是這樣！」靈光一閃，直覺敲門的那一剎那，就是編輯生涯最有趣的「啊哈」時光。

《長樂路》上的美麗與哀愁

這家新開咖啡店叫「偷時」。木格玻璃窗、牆壁上是少女風的粉色塗鴉，明亮又溫馨，但真的太小了，頂多二十幾平方米（八坪）。忍不住問年輕女老闆房租多少，「二萬多人民幣。」「這麼貴！」我咋舌，心裡計算平均單價二十五人民幣的咖啡要賣多少杯才抵得過房租？「不算貴啊，在長樂路算很合理了。」

也是，誰叫這裡是長樂路呢。短短約三公里的長樂路，舊時上海法租界的一條狹窄馬路，房價可能是全上海（中國）最貴的。十九世紀中，法國人瓜分到大塊租界後，拿出歐洲城市的規劃手法，沿著人行道兩旁栽下美麗梧桐樹，蓋出極具歐陸風情的三層小洋樓，如今洋樓已舊，修修補補變成一間又一間服裝店、咖啡店，小餐坊和酒吧。百多年下來，法國梧桐的濃密枝椏早在高處彎腰形成纏綿至極的交纏，亭亭華蓋綠蔭長廊彷彿無盡頭。除卻冬日，一年三季，行走其中，總能享受透過濃密樹葉細碎灑下的陽光、細雨或微風。

美國記者史明智（Rob Schmitz），曾在長樂路底住了六年。他用細膩而充滿情感的文筆，敘述長樂路上一群鄰居的「上海夢」，他們如何渴望在這個大城市安心過上好日子，追求各自的堅持，即使夢想和體制扞格，被高速經濟發展的無情現實輾壓，這些無名小市民拿出韌性或任性，搏鬥著，不服輸。

很奇妙的經驗，坐在長樂路小咖啡店，右手是繁體中文版《長樂路》（二〇一七，時報出版），左手是簡體版《長樂路》（二〇一八，上海譯文）。的確是同一本書，但看起來卻像異卵雙胞胎，從封面目錄到翻譯文筆，從包裝、讀者定位到文案訴求，差異明顯。

我猜，簡體版《長樂路》能在刪減不算太多下順利出版，不大容易。畢竟，書中故事如此鮮活，不避諱歷史傷痕更具體反映此刻庶民過日子的真實面貌。例如，逃離山東礦區來到上海的趙小姐，吃盡苦頭終於在長樂路開家小花店賺到了錢，但國家的戶口政策讓她的兒子和孫子都被迫成為「留守兒童」，無法在上海全家團聚。再如書中最悲劇的故事，長樂路附近的「麥琪里」，原來是三千多戶人家的舊石庫門社區，開發商威脅恫嚇無所不用其極，原居民被迫一一撤離，一位拒絕搬遷的韓戰老兵老朱，活生生和太太在睡眠中被縱火謀殺。至今，少數留下抗爭的人，如地下里長陳先生，誓言抱著瓦斯桶同歸於盡，也要守住父親解放前以十根金條買下的房產。

史明智寫作技巧一流，書中人物一悲一喜一呼一吸躍然紙上，英文版出書後得到不少好評，例如《衛報》：「作者筆下的真實故事，反映出中國政府的政策如何阻礙人民追求夢想。」《紐約時報》書評：「本書令人感嘆又欣喜……透過作者在長樂路的見聞，讓讀者更了解中國一般百姓。」

簡體版的《長樂路》樸素又低調，隻字不提國際媒體好評，封面用了一張照片：可愛小男孩在馬路上奔跑，紅撲撲小臉蛋上掛著天真笑容，封底文案也只是摘錄書中內容，結尾是：「我想到五〇年代王明一家的通信，想到六〇年代王明和傅姨建設新疆的故事。當時誰又能想到，在五十年後的今天，中國人還能肆意夢想，甚至擁有追夢的手段和自由？」

相較簡體版的包裝感性而正面，繁體版則顯得理性，強調藉由此書認識真實中國，編輯邀請獨立記者白曉紅寫了一篇犀利導讀，「國家的『中國夢』是不是人民的夢，在中國城市的上億民工那裡，最能得到答案。」「《長樂路》記錄的不只是一條馬路上的故事，而是當今中國社會的故事。它是對統治者塑造的『中國夢』做出的一份深切的質疑和批判。」

關於中國書寫，台灣讀者最熟悉的應該是八旗文化的兩本作品：資深記者何偉《尋路中國》以及歐逸文的《野心時代》。《長樂路》的寫作方法與這兩本書一脈相承，透過深入觀察找出指標樣本，大量採訪細膩描摹。這是英語世界的「非虛構寫作」，台灣稱之為報導文學，中國大陸則是紀實文學。

從出版人角度，不論已崛起的中國是朋友或敵人，是「一家親」或是寇讎，我們都應該從多角度、全方位的「以閱讀了解中國」。這一點，歐美出版界很努力，包括資深記者、學者、智庫，甚至退休官員，推出一本又一本相關著作。個人在時報出版任內，除了《長樂路》，也出版了《與中國打交道》（二〇一七）和《中國的亞洲夢》（二〇一八），此二書在中國出版機會相當渺茫，前者是美國前財政部長鮑爾森的二十年內幕觀察，太多中美高層互動的祕辛以及對領導班子的點評；後者是英國的資深記者唐米樂，全面解讀習近平「一帶一路倡議」，如何以經濟力量重建區域外交生態。

《長樂路》的英文是「STREET OF ETERNAL HAPPINESS」，邊啜飲冰涼美式咖啡，我想著，台灣的出版人和讀者真的比較幸福，自由帶來各種可能。但是，如果「以閱讀了解中國」只能透過一本本歐美翻譯，而缺少台灣本土的好作品，這樣的幸福也帶著遺憾了。

替一本書拍短片

「哇，真是一份好奢侈的生日禮物！」從同事口中得知日本作家野島剛決定以一趟為期半年的自助旅行，當成自己五十歲的紀念之旅時，佩服又羨慕。那時，他離開穩定又高薪的《朝日新聞》工作三年了，正以獨立記者和作家的角色全力拚搏，在台灣和日本執筆幾個專欄，出版了三本書，但當新的工作狀態日趨穩定，這個似乎永遠停不下來的男人，又按下暫停鍵，孤身上路走一趟中年男子的世界漫遊。

從編輯角度，對他這次長旅行要去哪裡、想做什麼，充滿好奇，更想早早約他出書。得到的答案卻是除了會以非洲、中東和中南美洲為主，他自己也不知道要做什麼。唯一確定的是不打算採取之前習慣的「記者式旅行法」：出發前設定主題深做功課、預約採訪對象；反之，他連導覽書都刻意不看，打算每次到達一個國家（城市）後，租個一周公寓，每天到街上隨意散步，再到超市買食材盡量做飯吃，盡量「在異地過普通生活」。

抱著這種「不預期什麼，邊走邊看邊想」的心情，野島剛出發了，結果真的發現一個從未察知的面向，「原來我這麼喜歡吃，這麼喜歡寫和食物有關的東西」。他當然知道自己愛吃，甚至也愛煮，卻不知道對食物懷抱如此巨大熱情，「每次因為食物的美味感動時，就激發出強烈的求知慾，我想要知道美味的背後藏著什麼祕密，還會特地去找資料，了解它成立的歷史和背景，也會詢問當地居民各種問題。於是，在調查過程中，那塊土地、那個國家的歷史社會輪廓就越來越清晰。也就是說，要理解陌生的國度，食物是最佳捷徑。」

他在秘魯一邊吃彩色大玉米、一邊思考舊大陸對新大陸的掠奪與不公；在南非開普敦跟著偶遇的日本輪釣長品嚐藍鰭鮪魚生魚片，看到漁業在國際政治角力下的艱難；在智利品嚐詩人聶魯達最愛的濃稠海鰻湯，以前讀不進去的情詩終於好像有了新體會；在寮國越嚼越香甜的糯米飯，讓他想到失蹤在寮國田野中的日本傳奇政治人物辻政信……每一道在地美食與味覺體驗，細細咀嚼後，慢慢湧現的卻是充滿當地生活、歷史、文化、政治的真實餘味。

終於，他以《野島剛漫遊世界食考學》一書為這段二十一個國家、二十二道庶民美食的旅程畫下句點。編輯過程中，出版社提議「拍個BV吧？」野島剛阿沙力答應，畢竟用影像來傳達一本書，是他之前還沒嘗試過的新鮮體驗。出版社找了工作態度極認真的年輕導演廖建華，正式拍攝前，他先閱讀書稿、研究作者過去相關報導，再請野島剛提供旅行途中的照片和短片，資料消化過後，導演提出拍攝大綱與腳本。

腳本設計了幾個主要場景，先在室內場景拍訪談，也計畫拍攝他埋首寫作以及休息時親手做一點小菜搭配杯酒小酌的畫面，傳遞出「工作感、生活感」。第二天則拉外景到大稻埕，拍攝野島剛四處閒逛、吃小吃，很像他在國外旅行時的閑散樣貌，藉以傳遞出「旅行感、飲食感」。

當天，野島剛準時到達寒舍，室內場景的拍攝地點。雖然是第一次到訪，整個人輕鬆自在，微笑著、觀察著，不大主動說話，卻能輕易融入陌生場域。或許在日本常上電視擔任來賓講評時事，他面對鏡頭毫無壓力，我提問了幾個問題：「五十歲對你的意義？這次旅行和做為記者的採訪有什麼差異嗎？為什麼選擇這些國家？為什麼選擇食物做為了解一個地方的切入點？」大部分問題一次就ＯＫ，顯然已經做足了準備，這時我拋出一個事先沒放在腳本的題目，試圖激發出臨場反應，「為什麼你這麼愛寫政治呢？在緬甸茶室喝茶時拉著當地人討論翁山蘇姬，在香港吃餛飩麵討論反送中，連在克羅埃西亞吃牡蠣，也要寫克羅埃西亞人和塞爾維亞人的種族互相清洗？」

聽到這問題，他笑了，說自己是自由派，平日最愛閱讀歷史人文類和政治類書籍，「我太喜歡研究政治了，所以寫什麼到最後都會和政治有關係，寫電影是從電影看政治，寫食物也是從食物看政治。」或許身為資深政治記者多年，任何事物習慣從政治角度思考表象之下是否隱藏著政治意涵，已經成為本能了。

漫遊各國後，「你最喜歡的食物是什麼？」這最後一個問題的回答很有意思，但導演剪輯時剪不進去了。牡蠣堪稱野島剛至愛，無論到哪個國家，一定先打探是否有牡蠣可品嚐，而且不同於一般日本人最喜歡生蠔，他更愛油煎或熱炒的料理。只不過，台灣著名小吃蚵仔煎卻不對這位狂熱者的胃口，「番薯粉太多了，蚵仔沒幾顆，口感黏黏稠稠的。」後來他意外在廈門吃到海蠣煎，煎得香香的，牡蠣粒粒分明，覺得勝過台式蚵仔煎多多。後來有一次，又在小金門吃到蚵仔煎，「外皮香脆不黏糊，大顆量多，味道最好。」

克羅埃西亞的牡蠣在日本也很出名，很多日本人寫遊記都會特別推薦，但他嚐過好幾次，每次都失望，個頭小，口感也乾乾的稱不上肥美。難道是這個原因嗎，此書提及的二十一個國家中，唯一看得出來、他不大欣賞的國度就是近年在全世界爆紅的克羅埃西亞了。不只是牡蠣讓他失望，克羅埃西亞在戰爭博物館以及許多相關文獻資料都顯示出一種「勝利者詮釋歷史的傲慢」，應該才是讓野島剛不以為然的主因。在與塞爾維亞戰爭過程中，克羅埃西亞同樣採取殘暴手段屠殺對方，如今卻絕口不提，試圖將所有的血腥歷史歸咎於塞爾維亞人。

內景最後以野島剛親手做一盤緬甸茶葉涼拌做結束。高麗菜切細絲，拌上一包內含炸薑絲、炸蠶豆和調味料的緬甸茶葉，就是他在緬甸天天吃的平民小食。他拿起筷子細細拌勻，手法十分熟練，看得出來平常絕對是下廚之人。

隔天，導演把野島剛拉到大稻埕拍攝外景，他對那一帶很熟悉，甚至帶著導演去喝最喜歡的一攤排骨湯。看到這位比很多台灣人更熟悉台灣的日本作者，開心享用在地美食的畫面，想到有一次特別帶著他去逛中和華新街，緬甸華僑聚集的所在，叫了一桌魚湯麵、椰子咖哩麵、炸三角馬鈴薯等緬甸小吃，他吃得津津有味，每一樣都說好吃，毫不在乎以一般日本人來說應不大容易接受的用餐環境。此人堪稱奇人，他對食物廣納百川的胃口，應該和他的好奇心一樣，都是無遠弗屆無所不納的吧。

又近又遠，又親又疏

不久前，應邀到某出版社和編輯同業們分享心得，會後討論時間，發現好幾個問題都繞著「如何和作者溝通」打轉。例如，作者堅持某一個書名、封面、寫作方向，但從編輯角度來看，對於市場銷售並不是吸引讀者的最好決定，應該如何「說服」作者呢？

每一個職場都有難解的人際關係。在出版職場，顯然如何與作者相處是一門大學問。我一面回答，腦海裡一面想到村上春樹。

《身為職業小說家》書中，村上花了不小篇幅提到改稿這回事兒。在歷經頭腦發熱一鼓作氣的長篇小說創作過程後，村上會刻意花工夫讓頭腦冷卻，展開一改再改三改四改……無數次的改稿過程。自己改完後，再引進客觀的「外部意見」，他稱之為「導入第三者」，並且為自己訂下一條嚴格規則：「如果有被挑剔的部分，無論如何都要重新改寫。」村上相信，不可能有「完美」的文章，讓「客觀第三者」讀得不對勁的地方，通常就是有問題。多年來他最信任的第一個讀者是妻子，就算村上起初不贊同她的看法，甚至會生氣，之後也一定冷靜下來思考、改寫，完成後再給太太看，不滿意再改，改到太太認同為止。

可以說，村上春樹最相信的編輯就是他的妻子。

最妙的是，村上改寫的方向不見得與「客觀第三者」的意見相同，甚至可能完全相反。有一位出版社編輯，村上覺得「有點不合適」，他的意見很多地方讓村上不理解，有時不愉快，但為了工作仍勉力配合。即使如此，這位編輯有意見的地方，村上仍然會重寫，只是刻意朝著反方向。例如，該編輯說「這裡加強比較好」，村上便故意縮短。結果呢？雖然他後來檢討自己「有點亂來」，但改寫之後的作品卻更加出色，因此很客觀評價該編輯終究是「有用的編輯，至少比只會『甜言蜜語』的編輯幫助更多。」

每次讀到這裡，捧腹大笑之餘，忍不住設身處地同理那位編輯：碰上村上這樣的大作家，內心該是多麼有壓力、多惶恐啊！無論如何，絕對是不能「得罪」村上的，但又不能照單全收書稿，然後只講好聽話，好不容易絞盡腦汁提出建設性意見，又被村上當成「反指標」。真是辛苦的編輯人啊，美國、日本、台灣……全世界的編輯人都不容易，心臟脆弱一點的定然做不長久，難怪我認識的一些編輯同業寧可專做翻譯書。

每個編輯都渴求碰上「好」作者，這個「好」涵義多重，作品好、人品好（絕不能搞出抄襲事件，這真是防不勝防），但編輯私心裡可能覺得最重要的是「好溝通」，畢竟一本書的完成少則數月動輒數年，如果彼此氣場太不合，細小的意見歧異可能累積成巨大的不信任，彼此都折磨、都委屈，最終也無法產出美好的作品，更可能是互相妥協之下的不得已。

但換個角度，作者當然希望碰到好編輯，擁有好的鑑賞力、判斷力，協助讓作品更美好，畢竟書封上印的是作者大名，是作者要承擔最終評價。大部分作者內心也是戰戰兢兢，會害怕、會擔心，君不見即使如村上春樹之國際級作家，也對「導入第三者」慎重看待。

歸根究柢，編輯與作者是命運共同體，終極目標是一致的：讓作品更美好。那麼讓我們回到本文一開始的那個提問吧：「如何說服作者？」

我的答案平淡無奇：誠實與專業。編輯一定要誠實，不然就是對不起讀者。碰上內容的客觀錯誤，當然一定要說出來，這一點大多數作者會很感謝。麻煩的狀況常常是主觀意識上的「好」與「壞」判斷不同。例如，編輯這端認真提出了三、五個甚至十個書名（封面）讓作者選擇，作者通通不喜歡，堅持要用他自己或友人的版本，「不會賣啊！」編輯沮喪又擔心。為什麼不直說呢？委婉但誠實地說，用專業來說，找出同類書籍來佐證你的觀點和判斷。

我相信絕大部分作者的「挑剔」其來有自，誰能比他們更透徹作品的內涵與精神？但編輯理論上是更瞭解讀者與市場的人，對書的內容定位、包裝、怎樣寫文案切入角度，才能最大程度吸引讀者注意力，理應有一套完整邏輯。

坦白說，我心目中的「好作者」，好溝通與否並不那麼重要，有時透過彼此坦誠討論，確實會找出之前的盲點。每一本書都是新開始，編輯過去的成功經驗不見得碰到新挑戰時也能一路暢通。盡量維持冷靜理性吧，不必憤怒、不必傷心、不必急著為自己的提案辯護，很多時候雙方都需要冷一冷、想一想。

「但如果作者就是很堅持呢？」

「那誰負責最終銷售成績呢？」

又近又遠，又親又疏，祝福每一個編輯、每一位作者。

她的AB面

呂新禾

有很長一段時間，媽媽並沒有發現她自己的才華。

可能是記者出身的職業性格使然，她對待自己的文字，也像個稱職的編輯，克制而冷靜。她會審視每一個字句，力求詞語精準，與段落之間的連貫性。

有這樣的一個媽媽，我是自豪的。在小學的同齡人為造句而煩惱時，我已經嫻熟地掌握了起承轉合的技巧。在成長的每一個階段，我和弟弟都被鼓勵表達自己的聲音，像一位備受尊重的作者一樣被肯定。她總是能夠在我發散的靈感片段之間，敏銳地找到我想表達的事物本質，或許這多虧了她雙魚座浪漫的天性，能夠自然地與世間萬物共情，經常懷有一種慈悲之心。

現在回想起來，二十五歲結婚生子，因為孩子的教育而暫別職場，卻從未離開過文字工作的母親，或許也像對待每一位作者一樣，珍重地「管理」著我們的家庭。她將家人的幸福看得如此之重，將家人擺在自我之前，不忍壓抑我們的自由生長，卻又時不時地點出我們可以進步的地方。就像村上春樹與他夫人的故事一樣，媽媽一直是我的第一個讀者，反之亦然。我知道她渴望成為一個「真正的作者」，就像每一個母親在滋養孩子的羈絆之際，迫切想找到自己的人生敘事。

在不知不覺間，我已經長得越來越像媽媽——二十出頭歲離家工作，經常一個人旅行，看書，煮飯。幸運的是，我不需要像她一樣憑著記憶中的味道摸索食譜：去瑞典交換學生前她教了我第一道「救命菜」滷肉飯，去新加坡工作前教我她的招牌菜麻婆豆腐，如今也偶爾來上海替我燉兩鍋紅燒排骨慢慢吃。余宜芳女士有多會做飯呢？是到了只要看照片就能指導我「醬油放少了」、「一小時後嚐味道」的程度。外婆在天有靈，或許會可惜台北孫女的鄉愁並不是宜芳童年的五柳枝魚或紅龜粿，但看到孫女在國外都要去台灣超市特地找破布子來蒸魚、買蔭鳳梨來煮雞湯，應該也會感到欣慰吧。

旅居海外工作十年，出差之際愛來個小旅行這點，肯定也是遺傳自媽媽。在我二十一歲離家之際，她在我的本子上留言「總有一天你會知道，世界上沒有百分之百的自由。」當時的我並不了解，自由需要邊界，生活的小確幸需要秩序才能成立。有時候我嫌她太把我們當成孩子，也會忍不住「嗆」她：「妳在我這個年紀，早就去過世界上多少地方，還結婚生小孩了！」這不能怪我啊，畢竟童年記憶中印象最深刻的一張照片，是二十多歲的宜芳在埃及採訪的側拍，秀髮跟領巾隨著風沙飄揚。

在成為我們的媽媽之前，她已經去過世界上許多人一輩子都沒有機會去的地方，而她的旅行Check List，還在持續成長中。很榮幸，我參與了本書中一半的旅程，而另一半，是我離家十年努力工作時，月球默默運轉的另一面。在群組中「已讀」父母旅行的照片，和閱讀媽媽的遊記，是完全不一樣的感想。我沒想到自己竟然能提前體會到做「父母」的心酸，不放心地叮嚀她：「妳放心去玩吧！我在家等妳」……「坐這個纜車不會太危險嗎？妳自己搭高鐵去陌生城市真的OK嗎？」

如果說編輯和母親的身分是余宜芳女士的「A面」，那麼她獨自的小旅行和中年囈語，就是這些年我未曾在她身旁見證的「B面人生」。雖有遺憾，未能時刻陪伴媽媽經歷這一切（例如在她需要的時候給一些髮型方面的鼓勵：我覺得妳染髮、灰髮跟白髮都很美麗！）但也不免阿Q地安慰自己，正因為媽媽有了空間與時間，拋開對外官方的A面，才能毫不保留地釋放自己的才華，留下這些細膩的文字。

願每個讀到這本書的年輕人、中年人、老年人，都能看到一點點自己，並能在任何歲數，都擁有獨自旅行的自由和勇氣。

二〇二四年九月廿七日 東京

後記

出版這本散文集算不上人生「大事」，當然也不是「小事」，否則不會遲疑再三，躊躇不決。幾年前封面都設計好了，最後一刻仍叫停。這次因緣俱足，和主編建偉從討論出版可能，到封面設計、邀請序文，一切順利得不可思議。除了我老毛病又犯了，最後階段反覆自問：出版的價值何在？除了對作者有意義外，能夠為讀者帶來什麼？畢竟，身為編輯多年，每次拿到書稿，這是第一關判斷標準，如果自己都過不了，未免汗顏。

意義當然是有的。這些所思所想所憶，關於童年關於生活關於旅行關於工作的點點滴滴，對個人而言，是沉甸甸的、始終壓在心上的小石頭；對時代而言，何嘗不是一些有意思的碎片？是這些那些，你的我的、我們的人生碎片，共同拼湊出時代的細節，讓所謂的「時代」不再是輕飄飄的想像。

而如果，我記錄下的這些碎片，能在某些時刻也撞擊了閱讀者的心，勾起或苦澀或甜蜜的悸動，小碎片帶出更多小碎片，那就再美妙不過了。

本書收錄近十年的散文，謝謝給我專欄寫作機會的宏治和Echo，是你們的信任讓我走出編輯角色，再次擁抱寫作之夢。當編輯是很棒的職業，得以第一手讀到最好的作品，知道什麼是好的、什麼只是「還好」。但當編輯也真是會讓人自卑，見識過這麼多美好的作品，真要鼓足勇氣才敢端出自家燉煮的家常菜。

有位朋友看到封面設計，將書名讀成《中年煙火》，大笑。這也很好。走過青春的浮躁，有些沉澱與積累，中年之美真可如煙花璀璨；但煙花遇風一吹就散了，還是廚房裡熱油熗鍋的人間煙火氣更踏實。

感謝我的伴侶、旅伴，用畫筆記錄下我們同行旅程中令人動容的景物，每一幀的定格速寫，皆是珍貴的人生一瞬。

人生散步 叢書 25

煙火中年

作　　者　余宜芳
書封繪者　薛慧瑩
內頁插圖　呂欽文
美術設計　陳文德
校　　對　簡淑媛
行銷企劃　鄭家謙
副總編輯　王建偉
董 事 長　趙政岷

出 版 者　時報文化出版企業股份有限公司
108019 台北市和平西路三段 240 號 4 樓
發行專線（02）23066842
讀者服務專線 0800231705（02）23047103
讀者服務傳真（02）23046858
郵撥—19344724 時報文化出版公司
信箱—10899 台北華江橋郵局第 99 信箱
時報悅讀網　http://www.readingtimes.com.tw
電子郵件信箱　ctliving@readingtimes.com.tw
藝術設計線　FB—http://www.facebook.com/art.design.readingtimes
IG—art_design_readingtimes
法律顧問　理律法律事務所 陳長文律師、李念祖律師
印　　刷　勁達印刷有限公司
初版一刷　2024 年 10 月 25 日
初版三刷　2025 年 1 月 23 日
定　　價　新台幣 420 元

ISBN 978-626-396-845-5
Printed in Taiwan

煙火中年 / 余宜芳 著 .-- 初版 . -- 臺北市 : 時報文化出版企業股份有限公司 , 2024.10
256 面 ; 14×21 公分 . -- (人生散步 叢書 ; 25)
ISBN 978-626-396-845-5(平裝)
1. 散文 2. 文集
863.55　　113014552

時報文化出版公司成立於一九七五年，一九九九年股票上櫃公開發行，二〇〇八年脫離中時集團非屬旺中，以「尊重智慧與創意的文化事業」為信念。